Ja Saf

Der Geschmack der Frauen

Karla

Ungeschminkt

Chatgeflüster

–

Was Frau will und Mann daraus macht

Herstellung und Verlag:
BoD - Books on Demand, Norderstedt
ISBN 978-3-7386-4777-8

28.11.13 15:17:34: Joe: Hi

28.11.13 16:52:06: Karla: Ja?

28.11.13 17:08:18: Joe: Und schon vermisse ich sie...deine warmen Hände...

28.11.13 17:43:33: Karla: Schön zu wissen! ;-)

...

04.12.13 16:48:11: Karla: Hallo Joe. Du müsstest cirka eine halbe Stunde fahren. Ich erwarte Dich so gegen 19.00 Uhr! Freu mich auf Dich!

04.12.13 18:01:54: Joe: Bis gleich. Ich freue mich auch, Dich zu treffen.

...

09.12.13 18:02:23: Joe: Verzeih mir bitte Karla. Da ich nicht möchte, dass Du traurig bist...schau doch mal nach...in Deinem Briefkasten.

09.12.13 18:02:54: Karla: Nun musste ich herzlich lachen! Dankeschön dafür!!!

09.12.13 18:05:56: Karla: Ich glaube dir, dass du NICHT in mein Leben gekommen bist - um mich traurig zu machen, sondern um unser Leben zu bereichern, doch diese Sehnsucht kenn ich nicht, du fehlst mir sehr!

09.12.13 18:06:56: Joe: Du mir auch...und warst Du unten am Briefkasten?

09.12.13 18:10:13: Karla: Wow!!! Bin so schnell es mein Fuß zulässt zum Briefkasten.... Du warst hier? Und wolltest mich nicht sehen? Was ich allerdings in meinem Briefkasten fand ist so süß, dass es den Schmerz und die Tränen der letzten Tage aufwiegt und mir wieder Glücksgefühle durch den Körper jagt.....

09.12.13 18:11:26: Karla: Du magst mich also noch, hast mich nicht vergessen!!! Nun bin ich im Handumdrehen glücklich!!! <3

09.12.13 18:11:45: Karla: Danke!!!! Tausend Dank!!!!

09.12.13 18:12:32: Joe: Magst noch einen Kuss ...? Muss allerdings gleich wieder los...

09.12.13 18:14:19: Karla: Ja! Gib mir noch einen Kuss, der muss mich bis Donnerstag aushalten lassen....

09.12.13 18:53:59: Karla: Ich bin immer noch völlig überwältigt! Von deinen süßen Geschenken, deinem kurzen Besuch und den leidenschaftlichen Küssen. Nun bin ich wieder total glücklich!!!!!

...

14.12.13 09:19:46: Karla: Guten Morgen, du mein zärtlicher Verführer! Die Sonne lacht so schön und in ein paar Stunden sehen wir uns wieder. Ich fühle schon jetzt, ein lustvolles Ziehen in gewissen Regionen und mein Puls wird schneller bei dem Gedanken - Dich in mir aufzunehmen.....

14.12.13 11:39:50: Karla: Nanu? Kein Feedback?

14.12.13 11:58:50: Joe: Liebste, nicht so ungeduldig. In wenigen Stunden bin ich für Dich da.

14.12.13 13:35:09: Joe: So jetzt mal meine Sachen hingelegt...genüsslich gebadet...ein lecker Kaffee getrunken...und auf die Liebste freuen...

14.12.13 13:40:57: Karla: Hm... Das steht mir alles noch bevor!!! War mit Anja auf Nahrungssuche und Geschenk für Tom organisieren. Zudem bin ich KEIN geduldiger Mensch und werde mich grausam an dir rächen... Vielleicht nicht heute, aber es ist notiert. Bis später du Lieber! :-*

14.12.13 13:42:57: Joe: Oh ja ...ich liebe sie...Deine süßen Quälereien..

14.12.13 13:52:05: Karla: Ich handele eigentlich NIE nach dem Spruch: "wie du mir - so ich dir" , doch du hast mich geärgert und somit eine gewisse Strafe verdient... ;-)

...

15.12.13 05:53:11: Joe: Danke Karla, dass es Dich gibt. Danke für die unvergesslichen gemeinsamen Stunden. Du bist eine ganz besondere Frau für mich, eine, die unendlich viel Liebe verdient hat. Ich habe Dir soviel davon gegeben wie ich kann.

15.12.13 06:18:17: Joe: Dabei hat unsere intime Zeit ungeteilt Dir gehört.

15.12.13 06:37:15: Joe: Ich akzeptiere , dass Intimität für Dich auch ungeteilt bleiben soll. Gleichzeitig bewundere ich , dass Du mit mir einer Meinung bist, dass wir in der Lage sind mehrere Menschen gleichzeitig zu lieben.

15.12.13 06:41:34: Joe: Ich wünsche Dir einen Sonntag voller Liebe.

...

16.12.13 15:59:22: Joe: Kaffee inkl. Schokoladengenuss aus Deinem Weihnachtskalender...hmmm...lecker

16.12.13 16:11:50: Karla: Bin gerade wieder auf dem Weihnachtsmarkt, trinke einen Glühwein und denk an dich.....

...

18.12.13 21:50:04: Joe: Dir eine gute Nacht mit süßen anregenden Träumen...wünscht Joe

18.12.13 21:53:01: Karla: Oh, vielen Dank mein lieber Joe. Wie nett von dir! Auch ich - wünsche dir sehr schöne träume!!!

18.12.13 21:56:16: Joe: Danke...mal sehen, wie unser Traum unterm Weihnachtsbaum weitergeht...der erste Teil war ja schon so unverschämt heiß.

18.12.13 22:02:26: Joe: Wow...das sieht ja vielversprechend aus...

18.12.13 22:06:04: Joe: Da will ich mir schon mal überlegen, was ich am 1. Feiertag Abends anziehen werde...

18.12.13 22:06:53: Karla: Habe nur Anja kurz zurück geschrieben. Sorry.

18.12.13 22:07:18: Joe: d. h... könnte...falls du mich noch willst.

18.12.13 22:08:28: Joe: Ich hoffe, Anja geht es soweit gut.

18.12.13 22:22:54: Joe: Ich will ja nicht neugierig sein...bin es aber insgeheim doch : Wie war denn heute Dein Date?

18.12.13 22:40:33: Joe: Entschuldige. Ich will Dir aber nicht zu nahe treten.

18.12.13 22:43:46: Karla: Ich habe gerade noch die Wäsche aufgehangen... Ich antworte dir in ein paar Minuten über Facebook...

...

19.12.13 13:21:28: Karla: Ich stelle mir gedanklich gerade vor (wenn man zur gleichen zeit mehrere Personen lieben kann) wie es wäre - zwei Kapitäne gleichzeitig in mein boot zu holen! Eine durchaus prickelnde Vorstellung......

19.12.13 13:29:45: Joe: Stimmt...ja sehr prickelnd...

19.12.13 13:55:14: Karla: Das losgelöste, freiheitliche Denken gefällt mir - scheitert aber an der Realität, denn WO bitte - sollte ich gleich zwei Kapitäne hernehmen, die auch eben diesen meinen Wunsch erfüllen möchten?

19.12.13 13:57:37: Joe: Nun in mir hättest Du schon mal einen...

19.12.13 14:02:55: Karla: Kennst du noch einen, den man überreden könnte? Würde es doch zu gern mal ausprobieren wollen!

19.12.13 14:04:45: Joe: Wir können ja beide mal überlegen, wer es sein kann.

19.12.13 14:09:16: Karla: Ich für meinen Teil kenne niemand, das steht fest, die wollen mich alle für sich allein! Also, musst DU überlegen lieber Joe. Nun habe ich schon einmal dieses freiheitliche Denken, dann will ich es auch ausleben!!!!

19.12.13 14:19:48: Joe: Mach ich Kleines. Hab gerade jemanden angeschrieben...bin gespannt auf seine Antwort.

19.12.13 14:21:44: Karla: Echt???? Na ICH bin erst gespannt!!!!

19.12.13 14:41:15: Karla: Und es würde dir nichts ausmachen - wenn ich während dieser Zeit meine Liebe, Leidenschaft und Lust mit einem weiterem Mann teile und du es SIEHST? Bist du dir sicher?

19.12.13 14:42:52: Joe: Ja. Bin ich. Ich würde umso mehr Lust auf Dich verspüren.

19.12.13 14:50:34: Karla: Hm.... Ich könnte es umgekehrt nicht! Ich würde die Frau unter dir sicher erwürgen! ;-)

19.12.13 14:54:33: Joe: Sie zu Boden zu knutschen, bis ihr die Luft wegbleibt, wäre die elegantere Lösung...

19.12.13 15:33:28: Karla: Bin total auf die Antwort gespannt! Hast du noch einen Joker im Ärmel?

19.12.13 15:44:22: Joe: Ich auch. Hab da momentan zwei im Visier.

19.12.13 15:48:53: Karla: Oh, klingt ja irre aufregend.... Ich fühle ein gewisses Ziehen.....

...

20.12.13 00:22:34: Joe: Tom 45, Straßenbahnfahrer ist schon ganz gespannt auf Dich. Er kann aber erst im Januar, an einem seiner freien Tage. Er gibt uns Bescheid.

20.12.13 00:27:40: Karla: Hast du ihm ein Foto von mir geschickt? Vielleicht mag er mich ja nicht, weil ich nicht dünn bin! Aber weiß ich wie er aussieht? Wenigstens ein bisschen nett sollte er schon aussehen ;-) jetzt vor Weihnachten ist es ohnehin hektisch. Wie sind eigentlich deine Gedanken zu meinem Vorschlag?

20.12.13 00:30:14: Joe: Ich bin ehrlich gesagt echt überrascht, freue mich aber umso mehr über deine neue Offenheit. Ich bin überzeugt, wir haben ein spannendes Jahr vor uns

20.12.13 00:33:20: Karla: Und wann sehe ich dich - um beim Glühwein etwas näher auf das Thema einzugehen?

20.12.13 00:34:46: Karla: Was ist mit dem anderen Mann?

20.12.13 00:35:08: Joe: Der hat sich noch nicht gemeldet...wir könnten uns am Samstag ab 17 Uhr sehen...

20.12.13 00:37:08: Karla: Ich habe ein paar fragen, bin ja Anfänger!

20.12.13 00:37:43: Karla: Müsste klappen. Treffen wir uns an unserem Stand?

20.12.13 00:36:57: Joe: Ja sehr gern Karla.

20.12.13 00:39:45: Karla: Ich werde dich aber nicht mit zu mir nehmen, dafür ist alles noch zu frisch und tut noch weh. Muss mich emotional etwas lösen und die Sache praktisch sehen.

20.12.13 00:39:41: Joe: Das ist auch ganz ok so...Strafe muss sein...

20.12.13 00:41:22: Karla: Ich gebe zu, dass es mir schon etwas mulmig ist! Werde ich es richtig machen? Stell ich mich vielleicht ungeschickt an?

20.12.13 00:43:02: Karla: Ich denke aber - solange DU nur an meiner Seite bist - wird es mir schon gefallen und ihr seid ja sicher sehr lieb zu mir - so wie ich zu euch!

20.12.13 00:42:40: Joe: Versuch dich einfach fallen zu lassen ...alles wird gut und hoch erotisch

20.12.13 00:44:17: Karla: Ich kann heute an nichts anderes denken.....

20.12.13 00:44:07: Joe: Verstehe ich absolut

20.12.13 00:46:37: Karla: Man bin ich aufgeregt! Aber nun habe ich mich dafür entschieden und will es auch wissen! Und irgendwann auch einmal mit einer Frau.

20.12.13 00:46:46: Joe: Ja genau...

20.12.13 00:50:46: Karla: Aber das dauert noch etwas, da steht mir die Eifersucht im Wege! Aber ich würde schon gern wissen wie sich weibliche Brüste anfühlen? Ich kenn ja nur meine, das zählt nicht. Bin neugierig geworden.

20.12.13 00:50:38: Joe: Ja und ich darf euch dabei nur zugucken...nicht anfassen...

20.12.13 00:52:50: Karla: Keine Ahnung? Ich weiß nicht - was besser ist? Wäre es nicht besser - du machst mit?

20.12.13 00:52:37: Joe: Ja klar doch

20.12.13 00:54:18: Karla: Hast du da etwa auch schon eine Frau für mich im petto?

20.12.13 00:54:18: Joe: Ja, da wüsste ich eine, die bestimmt nicht abgeneigt ist...

20.12.13 00:55:45: Karla: Warum wundert mich das jetzt nicht?

20.12.13 00:59:11: Karla: Ich schrieb mal mit einer Studentin. Sie war sehr jung, sehr dünn. Sie wollte unbedingt das weiche an mir, und ich wollte es mit ihr probieren, doch dann hatte ihre Schwester einen schweren Unfall. Seit einem Jahr haben wir leider keinen Kontakt mehr. Du siehst, es hat schon in mir geschlummert.

20.12.13 01:00:09: Joe: Ja. Ich freue mich drauf diese erotischen Träume mit Dir wahr werden zu lassen.

20.12.13 01:05:02: Karla: Ich hätte niemals gedacht, dass wir uns mal über diese Art austauschen und es auch noch erweitern! Ein paar innere Hürden muss ich noch überwinden und du könntest bitte versuchen mir die Scheu zu nehmen, denn je mehr ich weiß - so weniger erschreckt es mich.

20.12.13 01:06:13: Joe: Ja. Gerne will ich das tun. Ging mir ja vor Jahren ebenso ...musste mich auch erst mal rantasten.

20.12.13 01:07:56: Karla: Mit mehreren? Zwei Frauen? Oder wie?

20.12.13 01:08:38: Karla: Oder auch du und ein anderer Mann und eine Frau?

20.12.13 01:08:26: Joe: Am besten ist es, einfach ganz natürlich zu bleiben... Ich habe verschiedene Varianten erlebt und genossen

20.12.13 01:10:25: Karla: Hilfe, an wen bin ich da geraten? Du bist mir ja ein Früchtchen!

20.12.13 01:11:13: Joe: Ich hab noch nie irgendwelche Zwänge gemocht...wollte schon immer selbst und frei entscheiden

20.12.13 01:13:28: Karla: Moment! Eine Paarbeziehung ist ja nun kein Zwang - wenn beide sich lieben!

20.12.13 01:14:06: Karla: Kannst du ein Foto von dem Straßenbahnfahrer organisieren?

20.12.13 01:13:30: Joe: Stimmt. Da hast du ganz recht...kann ich am Sa mitbringen

20.12.13 01:16:48: Karla: Ok! Bin gespannt! Mir geht seit Stunden nicht aus dem Kopf, dass du mich MEHR begehren würdest, wenn... Na ja, du weißt schon... Bist du denn wirklich komplett frei von Eifersucht?

20.12.13 01:17:26: Joe: Ja. Bin ich.

20.12.13 01:19:11: Karla: Würde ich gern lernen - wie man sich davon befreien kann?!

20.12.13 01:20:06: Karla: Du siehst, hier herrscht noch jede menge Klärungsbedarf!

20.12.13 01:21:17: Joe: Kein Problem. Wir werden es Schritt für Schritt angehen...so jetzt muss ich aber mal etwas schlafen...hab morgen noch einiges zu tun...

20.12.13 01:22:28: Karla: Du müsstest dich dann bald hinlegen und schlafen, ich bin innerlich noch total aufgewühlt.

20.12.13 01:22:59: Karla: Wir hatten beide den gleichen Gedanken!

20.12.13 01:22:00: Joe: Jetzt haben sich unsere Gedanken gekreuzt

20.12.13 01:23:43: Karla: Wie süß! Dann schlaf schön und träum etwas schönes und heißes!

20.12.13 01:23:38: Joe: Oh jaaa...gute Nacht mein Schatz.

20.12.13 01:25:04: Karla: Du auch!

...

20.12.13 11:50:03: Joe: Darf ich vorstellen...Ben , Kandidat Nr. 2.

20.12.13 11:58:00: Karla: Grüß dich, mein lieber Joe. Also mag er auch? Mein Puls beschleunigt sich gerade... Wird ja ein toller Jahresstart!!!

20.12.13 11:58:45: Joe: Ja. Er fährt morgen an die See. Ist Anfang Januar wieder da.

20.12.13 12:03:32: Karla: Oh, oh, das kann was werden... Bin morgen noch auf das Foto vom Straßenbahnfahrer gespannt. Das nimmt mir etwas die Unsicherheit. Ich glaube, dass ich in der Nacht sogar in dieser Richtung geträumt habe!

...

20.12.13 12:20:40: Joe: Hier Tom der Straßenbahnfahrer

20.12.13 12:25:41: Karla: Darf ich ehrlich sein? Der gefällt mir leider überhaupt nicht! Der macht mir eher Angst! Es sollte doch wenigstens ein kleines bisschen annehmbar für mich sein. Aber mit ihm könnte ich nicht... Verzeih, sei mir bitte nicht böse, doch ich bin ja immer ehrlich.

20.12.13 12:27:02: Joe: Nun kein Problem...wir haben ja die Wahl Kleines.

20.12.13 12:30:41: Karla: Danke, dass du nicht böse mit mir bist, doch schlimmer wäre - er kommt her und ich stelle fest - es geht nicht! Das würde ihn dann auch traurig machen. Danke für deine Mühe Joe und dein Verständnis! Hab dich lieb!!!

20.12.13 12:30:58: Joe: Ich Dich auch...aber das sage ich Dir dann lieber persönlich.

20.12.13 12:34:50: Karla: Au ja, mach mal!!! Morgen ist eine gute Gelegenheit dazu, freu mich schon sehr auf dich!!!

20.12.13 12:34:08: Joe: Ich auch.

20.12.13 12:36:22: Karla: Ich möchte dich morgen nicht mit nach Hause nehmen, weil du dann den hübsch geschmückten Baum sehen würdest und das darfst du nun mal NICHT vorher!!! ;-)

20.12.13 12:37:21: Joe: Genau...aber dann am 1. oder 2. Feiertag oder...? Morgen könnte ich Dich ja auch zu mir entführen...

20.12.13 12:39:26: Karla: Oh, Mister ‚Grey' entführt mich in seine Welt? Miss ‚Steel' nimmt gern an! ;-)

20.12.13 12:39:22: Joe: Ist mir ein Vergnügen Miss

20.12.13 12:41:27: Karla: Das wird es ganz sicher werden....

20.12.13 12:41:01: Joe: Oh jaaa

20.12.13 12:42:26: Karla: Ja SIR!

20.12.13 12:42:05: Joe: Muss nun mal wieder...bis dann

20.12.13 12:43:33: Karla: Bis später...

...

20.12.13 18:36:01: Karla: Eigentlich wollte ich heute nicht aus dem Haus, doch das Fotobuch für meine Schwester lag zur Abholung bereit, daher mein Weg raus an die Luft. Nun war ich am Briefkasten und fand so liebe Weihnachtspost von dir vor. Da kullerten gleich wieder ein paar Tränchen, denn es liegt sehr weit zurück, dass mich jemand (über den normalen Postweg) mit so lieber Post beschenkt. Vielen Dank für diese süße Geste und deine lieben wünsche Joe!

...

20.12.13 22:07:33: Karla: Ich verpacke gerade ein paar kleine Geschenke für dich und wollt dir noch eine gute Nacht und schöne Träume wünschen!

...

21.12.13 02:12:13: Joe: Gute Nacht mein Schatz, die wünsche ich Dir auch...bin schon ganz gespannt , was hast du denn eingepackt ..verrätst du es mir...?

21.12.13 02:25:42: Karla: Na? Schon wieder allein? Noch so aufgewühlt und nicht müde? Ich kann auch nicht schlafen, hatte ja genug zeit zum nachdenken. Mit unserem Treffen - das lassen wir lieber und setzen einen Schlusspunkt! Ich habe mich wirklich auf unser Treffen und die angekündigte

Entführung in deine Wohnung gefreut! Ich bin sicher viel zu gutgläubig, aber doch nicht so naiv zu glauben - du hättest die letzten Stunden allein verbracht! Als freier Mann kannst du tun was immer du möchtest, jedoch habe ich den Sex nicht SO nötig, dass ich in dein noch warmes Bett reinhüpfen werde. Ich hatte inständig gehofft, du könntest dich noch bis heute beherrschen. Ich möchte mich NICHT in deinen sehr "fliegenden Wechsel" einreihen. Um den Respekt vor dir nicht zu verlieren bitte ich dich, mir nicht die Geschichte glauben zu machen, du hättest bis jetzt geschlafen und seiest gerade munter geworden. Ich wünsche dir noch recht viel Freude und Erfüllung in deinem Leben und alles liebe! Karla

21.12.13 02:26:49: Joe: Ich war im Tanzclub zum Tango und bin gerade rein.

21.12.13 02:29:27: Joe: Habe Betty eine alte Tanzpartnerin begleitet. Steht sogar im Facebook .
21.12.13 02:33:14: Joe: Also nix mit anderer Frau in meinem Bett.

21.12.13 02:41:20: Joe: Beruhige Dich also bitte wieder und schlaf gut. Bis morgen.

21.12.13 03:15:03: Joe: Außerdem wollte ich mal vorfühlen, wegen einer Frau für Dich/Uns...

21.12.13 03:20:23: Joe: Mit dem Ergebnis: Du bist sauer/grundlos eifersüchtig und ich kann nicht schlafen...ich liebe sie, diese Missverständnisse...

...

21.12.13 08:32:53: Joe: Guten Morgen Karla. Was für eine Nacht. Wie geht es Dir ? Ist Deine Wut auf mich verflogen? Ich hoffe es sehr, denn ich freue mich schon so darauf, Dich heute in meine Arme zu nehmen, dich zu liebkosen mit zärtlichen und leidenschaftlichen Küssen zu bedecken.

21.12.13 08:49:50: Joe: Ich möchte Dir ein Geheimnis anvertrauen: am letzten Samstag habe ich zuletzt mein heißes Sperma verströmen lassen in eine wunderbar leidenschaftliche und heiße Frau...in Dich.

21.12.13 09:01:55: Joe: Ich werde jetzt baden und einen leckeren Kaffee trinken...Dir einen guten und angenehmen Morgen.

...

21.12.13 09:46:37: Joe: Neuste Nachrichten: Die Dame ist interessiert...

21.12.13 09:47:30: Joe: Gerade hat sie mir geschrieben.

21.12.13 09:53:44: Joe: Sie möchte zunächst mal was mit uns trinken gehen.

21.12.13 09:55:38: Joe: Also melde Dich bitte. Bis dann. Liebe Grüße Dein Joe

21.12.13 10:00:15: Joe: Sie ist übrigens auch in Facebook , wenn du schon mal schauen möchtest...

...

21.12.13 11:03:13: Joe: Werde nachher meine Freunde auf dem Weihnachtsmarkt treffen...Würde mich freuen, Dich dann 17 Uhr an unserem Stand in die Arme schließen zu können...Liebe Karla. Es liegt jetzt allein in Deiner Hand. Ich habe Dich sehr lieb. Egal ob du kommst oder auch nicht. Daran wird sich nichts ändern. Ich akzeptiere Deine Entscheidungen. Will Dich auch nicht weiter mit Nachrichten oder Anrufen überschütten. Sei behütet. Dein Joe

...

21.12.13 17:44:07: Joe: Bin gut Zuhause angekommen. Du glaubst gar nicht , wie froh ich bin, dich noch getroffen zu haben. Bis bald . Ich küsse Dich zärtlich. Dein Joe

21.12.13 17:52:59: Karla: Mir geht es nicht anders mein lieber Joe. Hatte gerade eine Nachricht über Whatsapp, der große Kerl stand hinter uns, traute sich aber nicht mich anzusprechen. Er glaubte, du bist ein Date von mir und wollte mir die Kiste nicht vermasseln. Aber ich hatte ja meine Augen, meine Hände, meine Gefühle ganz nah bei dir! Da sehe ich doch nicht nach anderen, wenn ich Kapitän ‚Grey' neben mir habe! Nun bin ich wesentlich ruhiger und kann mich beruhigt auf Mittwoch freuen! Du wirst es kaum glauben, aber ich rieche dich noch. An meiner Wange, meinen Händen. Tut gut, genieße es...

21.12.13 17:56:04: Joe: Ja ich freue mich auch sehr auf Mittwoch...meine Freunde habe ich noch zum Bahnhof gebracht...zuvor noch einen schnellen Glühwein...jetzt bin ich etwas betrunken .,

21.12.13 17:57:29: Joe: Und sehr glücklich.

21.12.13 18:02:28: Karla: Ja Joe, eigentlich wollte ich dich hassen, doch da waren deine Hände, deine Stimme - als du mich trafst, dein vertrautes Antlitz - und ich ließ mich von dir entführen... Dann wollte ich dich nur noch berühren, dich küssen, ganz nah bei dir sein und deiner Stimme lauschen.

...

21.12.13 19:06:18: Joe: Wow...lass mich rein...zu Dir...in die Wanne

21.12.13 19:08:41: Karla: Können wir gern am Mittwoch Abend genießen! Keine Angst, du passt da rein...

21.12.13 19:07:51: Joe: Oh jaaa

21.12.13 19:09:12: Karla: Hier träumt es sich gerade so schön....

21.12.13 19:08:38: Joe: Glaub ich Dir gern

21.12.13 19:09:13: Joe: Und schön die Finger oben lassen...

21.12.13 19:11:35: Karla: Ich puste ein paar von meinen Traumschaumseifenbläschen zu dir rüber, damit du auch sinnliche Träume empfängst...

21.12.13 19:11:15: Joe: In meiner Hose ist es gleich enger geworden...

21.12.13 19:13:20: Karla: Halte bitte noch durch! Schenk es bitte MIR!!!!

21.12.13 19:13:49: Joe: Jaaaa...den ganzen heißen Saft

21.12.13 19:15:13: Karla: Bekommst ohnehin genug Ärger, weil du mich traurig gemacht hast! Also handle dir nicht noch mehr ein Mister ‚Grey'!

21.12.13 19:15:21: Joe: Bitte sei gnädig. bestraf mich, aber nicht zu hart...

21.12.13 19:17:59: Karla: Niemand, darf mich ungestraft traurig machen! Ich lass mir eine ordentliche Bestrafung für dich einfallen.

21.12.13 19:18:12: Joe: Oh ja...quäl mich...aber nicht zu lange...

21.12.13 19:20:25: Karla: Oh doch du Lüstling, laaaaaaannngggg. Wir haben sehr viel Zeit!

21.12.13 19:21:45: Karla: Solange du hier bei mir bist - gehörst du mir!

21.12.13 19:20:58: Joe: Jaaa

21.12.13 19:21:27: Joe: Hol alles aus mir raus...

21.12.13 19:23:28: Karla: Keine Angst, wird nicht zu dolle weh tun! Zudem musst du mir ein paar Wünsche erfüllen, wenn du hier bist! ;-)

21.12.13 19:23:54: Joe: Ja gerne

21.12.13 19:24:19: Karla: Ich nehme dich beim Wort!

21.12.13 19:23:50: Joe: Ja klar doch...

21.12.13 19:26:47: Karla: Schluss jetzt, will mein Bad genießen! Und "Finger weg" gilt auch für DICH, hast ohnehin genug Strafpunkte auf deinem Konto du Deliquent!

21.12.13 19:26:33: Joe: Hab sie sofort weggenommen...Miss

21.12.13 19:28:32: Karla: Dein Glück, dafür erlasse ich dir 5 kleine Hiebe!

21.12.13 19:28:09: Joe: Nicht die Großen ... Oh weh

21.12.13 19:31:37: Karla: Nein, die hast du noch offen! Weder werden die gelöscht, noch kannst du sie abarbeiten. Und wenn du nicht pünktlich erscheinst - kommen gleich noch welche dazu!!!! Oh, oh, deine armen Handgelenke und

21.12.13 19:32:16: Karla: Pobacken

21.12.13 19:33:11: Joe: Auch nicht wenn ich dich ordentlich stoße ...von vorn...besser noch von hinten ...Dich an den Haaren packe...

21.12.13 19:35:55: Karla: Erst musst du es mir ordentlich besorgen, mit allem drum und dran, dann entscheide ich - Ob du mich befriedigen konntest!

21.12.13 19:36:38: Joe: Oh ja...dein Wunsch ist mir Befehl...so richtig tief rein ...immer und immer wieder

21.12.13 19:40:08: Karla: Ich will, dass du am Mittwoch meinen Arsch entjungferst!!!! Und wehe- es tut weh! Bis Januar muss alles reibungslos klappen! Einmal wird zur Vorbereitung nicht reichen.

21.12.13 19:41:00: Karla: Ich will eure Schwänze im 3 Loch System fühlen...

21.12.13 19:40:48: Joe: Ich werde dich ausgiebig einreiten ...

21.12.13 19:42:32: Karla: Oh ja ich liebe es auch DICH zu ficken!

21.12.13 19:43:35: Joe: Oh ja geil...du bekommst es, wie du es brauchst...bis du mich vollspritzt

21.12.13 19:46:19: Karla: Ich fand es letztens aufregend und irre - als du mir deinen Schwanz in meinen Mund geschoben und mich oral gevögelt hast!!!

21.12.13 19:47:53: Joe: Da steh ich drauf...so tief rein wie möglich...bis mein Saft Dich vollspritzen will.. Pulsierend in mir aufsteigt

21.12.13 19:50:10: Karla: Dazu musst du mit beiden Händen meinen Kopf festhalten und dann rein, immer tiefer, immer schneller.......

21.12.13 19:51:30: Joe: Jaaa...und dann spritz ich dich voll ...die ganze Sahne

21.12.13 19:53:18: Karla: Oh ja - ich sauge dich aus! Schatz, mein Akku ist gleich leer und ich muss aus der Wanne.... Lass uns am Mittwoch unsere Phantasien weiter ausleben....

21.12.13 19:52:42: Joe: Jaaaa...dann live

21.12.13 19:54:43: Karla: Ja, lass dir auch was einfallen. Und wehe - Du bist nicht sanft! :-*

21.12.13 19:55:01: Joe: Ja hast du Öl da...dann flutscht es richtig gut...besonders im Arsch...

21.12.13 19:57:03: Karla: Ich denke ja! Schluss jetzt, sonst kommt's mir....

21.12.13 19:56:33: Joe: Mir auch...also bis dann

...

22.12.13 11:50:52: Joe: Vorfreude ist die schönste Freude...

22.12.13 11:53:23: Karla: Danke mein Herz! Den wünsche ich dir auch. Anja wird gleich entlassen und schläft heute bei mir, damit ich sie noch etwas beaufsichtigen kann, denn die Operation war ja auch erst letzte Woche! Ich freue mich schon so sehr auf Mittwoch! VIEL MEHR - als auf Weihnachten! ;-)

22.12.13 11:53:01: Joe: Ich auch...

22.12.13 11:54:56: Karla: Dann habe ich dich bei mir und mein übervolles Herzchen hüpft schon vor Freude! Alle anderen Stellen vibrieren schon vor Lust!

22.12.13 11:54:55: Joe: Geht wir genauso...

22.12.13 11:59:12: Karla: Ich finde es herrlich, so viele Stunden haben wir zur Verfügung und können alles auskosten: heißes Verlangen, Quälerei, Alltag, Spielereien, ruhige Kuschelmomente, gemeinsam essen, schlafen, baden/duschen, Hingabe und sich fallen lassen, Weihnachtsromantik....

22.12.13 11:58:54: Joe: Oh jaaaa

22.12.13 12:02:13: Karla: Habe sogar mehrere kleine Geschenke für dich. Doch am meisten freu ich mich auf das liegen in deinem Arm, an deiner Brust, wenn ich deine warme Haut fühle, meine Hand über dein Brusthaar streicht... Dann fühle ich mich so richtig geborgen!

22.12.13 12:02:02: Joe: Bis dann Kleines...jetzt gibt es Mittag bei meiner Mam.

22.12.13 12:03:28: Karla: ok, alles liebe!

...

22.12.13 13:08:33: Karla: Schade, unser Weihnachtskalender geht zur Neige. Hoffe aber UNSERE gemeinsame Geschichte bleibt zukunftsorientiert!

22.12.13 13:14:19: Joe: Ja. Ich bitte sehr darum meine Süße

22.12.13 13:37:49: Karla: Das freut mich aufrichtig Mister ‚Grey'! ;-)

22.12.13 13:37:15: Joe: Ok Miss

…

22.12.13 18:37:24: Karla: Habe mir extra eine "Schnarchstoppuhr" bestellt und liefern lassen, damit deine Nachtruhe möglichst ungestört ist, denn du wirst ein paar stunden Schlaf zur Erholung sicher brauchen! ;-)

22.12.13 18:38:48: Joe: Oh ja. Ganz bestimmt... lächel

22.12.13 18:42:04: Karla: Sollte es nicht funktionieren - weißt du WIE du mich wach machen könntest....

22.12.13 18:42:44: Joe: Oh ja...

22.12.13 18:56:00: Karla: Ich liebe deine Küsse, daher kann ich es kaum erwarten, deine heißen Küsse zu erwidern und mich ganz diesem unbeschreiblichen Gefühl hinzugeben....

...

22.12.13 21:27:04: Joe: Vorfreude auf Spannung und Entspannung mit, in und bei Dir...

22.12.13 21:34:33: Karla: Oh, Nachricht von meinem lieben Joe? Wie schön, du hast an mich gedacht!

...

22.12.13 22:26:43: Joe: Ich wünsche Dir eine gute Nacht. Und hoffe auch Anja geht es gut.

22.12.13 22:33:26: Karla: Du gehst schon ins Bettchen? Wäre jetzt zu gern bei dir!!!!!!!!!!!! Anja liegt hier am Sofa, werden gegen 00.00 Uhr hinter gehen. Da meine Gedanken heute so oft in deine Richtung gehen, kann es geschehen, dass ich auch gut träumen werde. Ich wünsche dir, mein lieber, einen erholsamen und traumreichen Schlaf und morgen einen positiven Start in den Montag. Ich hab dich lieb! Gute Nacht!

...

23.12.13 10:10:00: Joe: Guten Morgen mein Liebling . Ich bin aufgewacht und wollte sofort mit Dir schlafen. Ich begehre Dich. Können wir uns nicht auch heute schon vereinen? Am liebsten würde ich Dich zu mir entführen...den Baum darf ich ja erst am Mittwoch bewundern...

23.12.13 10:39:05: Karla: Wenn du nur mit mir schlafen willst - bleibt es bei Mittwoch, wenn du mich aber vermisst und mich lieb haben willst - hole mich bitte 18.00 Uhr ab und entführe mich zu dir!!!!

23.12.13 10:51:55: Joe: Jaaaa

23.12.13 10:53:10: Karla: Möchte mit diesen Sachen nicht allein unterwegs sein......:-*

23.12.13 10:53:46: Karla: Sonst fängt mich noch jemand vor Weihnachten weg...

23.12.13 10:53:15: Joe: Ich hole dich selbstverständlich ab...

23.12.13 10:53:36: Joe: 18 Uhr

23.12.13 10:56:27: Karla: Gut! Ich bin mit Anja beim Arzt und trinke dann noch einen Glühwein an unserem stand. Werde mich heute beeilen mit den Vorbereitungen zum Fest, damit wir den Rest des Abends - uns beide genießen können!

23.12.13 10:56:06: Joe: Ich freue mich auf Dich...

23.12.13 10:58:11: Karla: Ich bin noch sprachlos - wegen deiner Anrede und deinem Verlangen!

23.12.13 10:59:11: Karla: Ja, ich freu mich auch SEHR auf dich!!!

23.12.13 10:59:12: Joe: Na da werde ich mal alles vorbereiten für uns...

23.12.13 11:01:43: Karla: Ok, brauchst nicht so viel aufräumen - habe ohnehin nur Augen für dich und diese beim küssen geschlossen! ;-)

23.12.13 11:02:05: Joe: Na da bin ich ja beruhigt... Ist halt ein Männerhaushalt

23.12.13 11:03:19: Joe: Bis dann und genieß die Sonne

23.12.13 11:05:08: Karla: Danke! Bis später...

...

23.12.13 16:26:32: Joe: Mr. ‚Grey' ist bereit...

23.12.13 17:05:45: Karla: Ms ‚Steel' freut sich, ist aber im Zeitverzug! Schaffe es dennoch. Sei pünktlich, du weißt - die Strafe ist sonst schmerzhaft!

23.12.13 17:05:58: Joe: Werde 17.45 losfahren...kannst ja dann gleich runter kommen...dann brauch ich nicht zu parken...

23.12.13 17:08:14: Karla: Das hatte ich auch so geplant! ;-)

...

24.12.13 09:38:55: Joe: Schau mal ...Weihnachten beginnt...

24.12.13 09:41:01: Karla: Mein lieber Joe, ich wünsche dir einen schönen Tag mit deiner Familie. Genieße dieses Fest in Ruhe und Frieden. Wild sein - kannst du morgen - wenn wir uns wieder sehen! Ich hoffe, du konntest gut schlafen?

24.12.13 09:40:35: Joe: Ja wie ein Baby...

24.12.13 09:42:00: Karla: Oh, wie wunderschön diese Farben in den Himmel gezeichnet sind! Das kann eben nur die Natur!

24.12.13 09:41:44: Joe: Genau...ein Foto ist vom Balkon aus...

24.12.13 09:43:10: Karla: Bezaubernd!

24.12.13 09:42:34: Joe: Das andere hinten aus dem Schlafzimmer

24.12.13 09:44:17: Karla: Da habe ich noch nicht rausgesehen. Irgend wann vielleicht einmal?

24.12.13 09:44:49: Karla: Wir hatten gestern anderes zu erledigen....

24.12.13 09:44:21: Joe: Ja auf jeden Fall....stimmt Bestrafung war unbedingt angesagt.

24.12.13 09:45:56: Karla: Ja unbedingt! Sei trotzdem brav!

24.12.13 09:45:41: Joe: Bin ich...will dich ja morgen wieder nach Herzenslust verwöhnen

24.12.13 09:47:45: Karla: Wie schön, morgen sehe ich dich schon wieder! Freu mich sehr auf dich, auf unsere gemeinsame Zeit.

24.12.13 09:48:38: Karla: Also, viel Weihnachtsfreude heute für dich mein Liebling!

24.12.13 09:49:27: Karla: Teilnehmer?

24.12.13 09:49:33: Joe: Dir auch Kleines

24.12.13 09:49:50: Karla: Tschüss!:-*

24.12.13 09:49:12: Joe: Bis bald. Tschüssi.

...

24.12.13 10:10:37: Karla: Hast du eigentlich meinen Slip wieder gefunden? :-D

24.12.13 10:10:16: Joe: Nein...bisher nicht

24.12.13 10:12:05: Karla: Du weißt, dass Miss ‚Steel' diesen zurück braucht?

24.12.13 10:11:50: Joe: Ja klar doch...wer weiß in welche Ritze der gerutscht ist..

24.12.13 10:12:47: Joe: Kannst ja auch noch mal deine Handtasche umkrempeln...

24.12.13 10:22:19: Karla: Diese habe ich bereits ausgeräumt. Nun gut, du hast ja noch die Gelegenheit zum suchen. Ansonsten viel Freude morgen bei deiner Mischung aus: lieblichem Wesen, sexy Vamp und strenger Miss!

...

24.12.13 22:24:01: Karla: Na Schatz, hattest du einen schönen Tag?

24.12.13 22:24:37: Joe: Ja Kleines...

24.12.13 22:26:31: Karla : Und warst du auch lieb und hattest einen fleißigen Weihnachtsmann?

24.12.13 22:25:41: Joe: Jaaaaaa

24.12.13 22:27:08: Karla: Na dann gute nacht!

24.12.13 22:26:24: Joe: Dir auch mein Schatz

24.12.13 22:26:43: Joe: Bis Morgen

24.12.13 23:39:13: Joe: Werde jetzt ins Bettchen gehen...
...

25.12.13 07:40:34: Joe: Süßer die Glocken nie schwingen, als in der Weihnachtszeit.
Hör, wie sie lieblich erklingen, zärtlich in Liebe vereint.
Wie sie erklungen in vorletzter Nacht und selbst den Nachbarn viel Freude gebracht.
Solln sie erklingen auch heute wenn Karla und Joe wild reiten.

Bis dahin Dir einen anregenden Vormittag Kleines.

...

25.12.13 10:39:23: Karla : Ich grüße dich mein lieber Joe. Was für eine kreative Umdichtung des bekannten Liedes! Ich wünsche dir noch einen sehr schönen 1. Feiertag!

25.12.13 11:46:01: Joe: Dankeschön. Wünsche ich Dir auch Karla. Bis nachher. Wir sehen uns dann so ab 17 Uhr. Bin gespannt, welche Frau ich dann kennen lernen werde.

25.12.13 11:48:22: Karla: Natürlich die Weihnachtsfrau!!!!

25.12.13 11:47:51: Joe: Oh jaa.

25.12.13 11:50:04: Karla: In diesen Tagen kannst du mit nichts anderem rechnen. Mal sehen, ob sie dir gefällt, so lieb und ganz in rot!

25.12.13 11:49:45: Joe: Bin schon sehr gespannt...

25.12.13 11:51:52: Karla: Ok, dann bis später... Bin auch gespannt auf dich. Freu mich!

...

26.12.13 13:35:53: Karla: Liebling, ich danke dir für die süßen Geschenke, dass du dich so hübsch gemacht hast, und für die zauberhaften Stunden mit dir! Es war lustig, lehrreich, kuschelig, romantisch und voller Liebe! Danke!!!! :-*

26.12.13 15:15:21: Joe: Ich danke Dir Kleines. Auch für mich waren es rundherum glückliche Momente. Ich wünsche Dir für den Rest des Tages Besinnlichkeit , innere Einkehr und Zufriedenheit.

26.12.13 15:28:48: Karla: Danke mein Lieber! Nun sind alle weg, jeder ist zufrieden und glücklich. Meine Mission ist erfüllt und auch ICH bin glücklich! Wie sieht DEIN Programm eigentlich für heute aus? Hatte dich leider vergessen zu fragen. Morgen hat der Alltag uns wieder und das ist auch gut so! Ich denke voller Zärtlichkeit an dich, deine Karla

26.12.13 15:41:11: Joe: Ich werde Weihnachten ruhig ausklingen lassen. Vielleicht einen schönen Film schauen.

26.12.13 15:52:49: Karla: Dann mach das mein Liebling, denn "nichts ist schwerer zu ertragen- wie eine reihe von schönen Tagen!" Ich werde jetzt auch zur Ruhe kommen und später noch ein paar Fotos bearbeiten. Ich freu mich schon mächtig darauf - wenn wir beide unser ganz persönliches Silvester nachfeiern!!!

...

26.12.13 21:32:53: Karla: Joe, ich vermisse dich jetzt schon und du bist noch keine 12 Stunden weg....

26.12.13 21:56:28: Joe: Geht mir ebenso...gute Nacht Kleines.

...

27.12.13 16:47:17: Joe: Jetzt erst mal einen lecker Kaffee...

27.12.13 16:51:42: Joe: Lust auf Entführung ?

27.12.13 17:03:55: Karla: Grüß dich Joe, bin dabei jegliche Weihnachtsdekoration zu entfernen. Macht mehr mühe - wie ich annahm. Morgen wird dann der Frühling bei mir Einzug halten! Danke, aber für Sex fehlt es mir gerade an Zeit und Lust. Ich wünsche dir noch einen schönen Abend. Lb.Gr. Karla

27.12.13 17:06:04: Joe: Verstehe...und auf Kino...hast du darauf Lust?

27.12.13 17:17:40: Karla: Vielen Dank, sehr lieb von dir und ein wundervoller Vorschlag für das kommende Jahr!

27.12.13 17:18:05: Joe: Genauso. Ich wünsche Dir noch viel Freude und gutes Gelingen beim umdekorieren.

27.12.13 17:34:49: Karla: Wird schon werden. Vielen Dank!

...

27.12.13 19:25:05: Joe: Magst nachher noch ein freches Betthupferl haben...

27.12.13 19:28:21: Karla: Nein! Dieses mal beisst du bei mir auf Granit mein lieber Joe. Ich freu mich allerdings und achte deine Bemühungen!

...

29.12.13 12:52:04: Karla: Es war ein wunderschöner, lustiger und sehr inniger Abend voller Gefühle. Tut mir leid, dass du Kopfweh hast! Bin schon mächtig gespannt, weil du meintest, du hättest noch ein Geschenk, oder eine Überraschung für mich? Ich fühle dich immer noch in mir, ein schönes Gefühl!!!

...

30.12.13 15:59:27: Joe: Hier mal was Frivoles in Vorfreude auf 2014...

30.12.13 16:00:26: Joe: Dir noch einen schönen Nachmittag/Abend.

30.12.13 17:15:29: Karla: Na dann weißt du ja - was du zu machen hast! Danke für dieses nette Kurzvideo! ;-)

...

30.12.13 19:31:32: Karla: Will dich ja nicht stören, möchte dich nur fragen - ob dir morgen 18.00 Uhr recht ist? Dann haben wir noch 6 stunden, also genügend Zeit zum essen und für manch andere unterhaltsame Silvesteraktivitäten. ;-)

30.12.13 19:32:07: Joe: Bin 17 Uhr zur Andacht...danach komme ich zu Dir.

30.12.13 19:54:21: Karla: Ok.

...

31.12.13 16:51:35: Karla: Ich bin ziemlich traurig, dass nahezu JEDER mir viel Freude gewünscht hat, JEDER an mich denkt

- außer einem - der heute mit mir feiern möchte!!!

31.12.13 17:33:00: Joe: Gleich bin ich bei Dir Herzchen. Dann hast Du mich Live...

...

01.01.14 16:44:46: Karla: Danke für diesen wundervollen Jahreswechsel, es war super schön mit dir!

01.01.14 18:35:22: Joe: Ja. Dankeschön. Das war es. Schau mal...dramatisches Rot auf Arte...

...

02.01.14 18:25:03: Joe: Hallo Herzchen. Ich hoffe, Du hattest einen schönen Tag und hast alles geschafft, was Du Dir vorgenommen hast. Ich bin gut voran gekommen. So habe ich auch Ben geschrieben und unser Silvesterfoto geschickt, mit der Bitte uns Terminvorschläge zu machen. Bin gespannt auf seine Antwort....

02.01.14 18:32:08: Karla: Hi mein Liebling, war mit Anja beim Arzt. Habe vorerst noch die Krankschreibung bis 17.1. In der Stadt noch Tom mit Baby kurz getroffen, einen kleinen Glühwein getrunken. Ich friere und hab es mir auf dem Sofa unter der Decke etwas gemütlich gemacht. War eben sogar etwas eingeschlafen. Heute früh musste ich schmunzeln, weil die Fotos von uns beiden die meisten Likes hatten!!!

02.01.14 18:32:43: Joe: Ja da war ich auch überrascht.

02.01.14 18:34:55: Karla: Na du machst ja wirklich gleich "Nägel mit Köpfen" und schreibst Ben! Bin aber ebenfalls SEHR gespannt! Freu mich auch besonders auf den 7.1. - mit dir zu der Gesprächsgruppe zu fahren. Das Jahr beginnt nicht nur sehr schön - auch sehr spannend!!!

02.01.14 18:34:32: Joe: Stimmt...

02.01.14 18:36:46: Karla: Also scheint Anja recht zu haben, dass wir ein schönes, stolzes und glückliches Paar sind!

02.01.14 18:38:07: Karla: Wie waren die Reaktionen bei dir auf der Seite?

02.01.14 18:38:29: Joe: 5 mal Daumen hoch. Lächel

02.01.14 18:43:39: Karla: Ok, schön! Werd später mal online gehen und bei mir nachsehen. Sicher habe ich dadurch ein paar Fans verloren, was mich nicht stört. Schlimmer empfinde ich heute die Nahrungsumstellung und den damit verbundenen Verzicht auf Süßes!

...

02.01.14 21:49:47: Karla: Habe mich über deine Einladung gefreut, da du allerdings (unter anderem) auch Betty mit dazu eingeladen hast, mache ich selbstverständlich den Weg frei und trete zurück! Trotzdem vielen dank für dein nettes Angebot. Eine gute Zeit wünscht dir Karla

02.01.14 21:49:31: Joe: Wollte Dir noch eine gute und mit süßen Träumen verbundene Nacht wünschen...

02.01.14 21:51:07: Joe: Wie kommst Du darauf, ich hätte all die Leute eingeladen....

02.01.14 21:54:30: Joe: Das Betty auch eingeladen ist, heißt ja nicht, dass sie kommt...und wenn, dann wäre es eine gute Gelegenheit gewesen, sich kennen zu lernen.

02.01.14 22:06:04: Joe: Außerdem macht mich deine Eifersucht echt fertig...

02.01.14 22:07:43: Joe: Zwischen Betty und mir läuft sexuell nichts

02.01.14 22:10:37: Joe: Genau dass ist es , was ich nicht will, Beziehungsstress wegen Eifersucht

02.01.14 22:12:35: Karla: Danke und danach machen wir einen flotten Dreier mit ihr! Fein ausgedacht!!! Das mach weiter mit ihr aber OHNE mich!!!! Du likst jedes ihrer Fotos, gehst mit ihr tanzen, seid ständig im Kontakt und nun willst du mich noch mit ihr zusammen bringen? Gibt es noch ein Leben für dich - ohne Betty? Scheinbar NICHT! War sie Silvester nicht da? Glaubst du wirklich ich könnte euer verliebtes Geturtel bei der Veranstaltung ertragen? Scheiße, hab keinen Bock auf euch beide! Hatte mich echt gefreut, dass du mich mitnimmst, aber geh mal schön Sonntag mit ihr tanzen und Dienstag dorthin! Ich will nix mit ihr zu tun haben! Vergiss mich! Tschüss

02.01.14 22:16:38: Joe: Du bist blind vor Eifersucht...und das grundlos...das macht mich wütend und traurig.

02.01.14 22:19:33: Joe: Aber was soll es, ich liebe Dich trotzdem. Mach was dagegen.

02.01.14 22:29:31: Karla: Eben weil ich dich liebe, habe ich dir die Freiheit eingeräumt, dass du vögeln kannst - wen immer du möchtest! Ich bat dich nur, mich es NIE wissen zu lassen, weil ich den Schmerz nicht ertragen könnte! Und glaub mir, mit dieser Frau - ohne die du scheinbar nicht leben kannst - werde ICH mich nicht an einen Tisch setzen, denn ich weiß, du hattest ja bereits über einen Dreier mit ihr geredet. Mist, ich liebe dich und nun tut es einfach nur weh! Wir haben uns nichts weiter zu sagen. Ruf mich bitte nicht mehr an, schreib nicht mehr und vor allem komm nicht mehr her, ich würde ohnehin nicht öffnen. Warum konntest du nicht wenigstens noch die Sache mit Ben abwarten? Mich langsam heran führen? Vergiss es, ich will deine verdammte Betty nicht!!!!!!!!!! Machs gut!

02.01.14 22:33:53: Joe: Machs gut meine Liebste.

02.01.14 23:13:34: Joe: Liebe erträgt alles. Sie duldet alles. Sie hört niemals auf.

02.01.14 23:16:18: Karla: Ich werde dich auch weiter lieben, das Gefühl bleibt! Trotz allem.

02.01.14 23:16:06: Joe: Ich liebe Dich. Egal wie weit du von mir entfernt bist.

02.01.14 23:19:35: Joe: Glaub doch von und über Betty, was Du willst. Ich weiß was ist und was nicht. Wenn Du mich wirklich lieben würdest, dann würdest du mir auch vertrauen.

02.01.14 23:20:51: Joe: Wenn nicht , dann würdest du sie vielleicht selber fragen...

02.01.14 23:22:48: Joe: Alles andere ist Phantasie...und davon hast Du wahrlich reichlich.

02.01.14 23:23:50: Joe: Was ich nun wiederum an Dir so liebe.

02.01.14 23:26:04: Karla: Ich blöde romantische Närrin, dachte, zumindest solange ich noch NEU bin in deinem Harem - würdest du mal etwas NUR MIT MIR gemeinsam unternehmen. War nicht an dem. Mein Fehler! Es ist mir total egal - ob du sie vor oder nach dem Tango oder an jedem Wochentag vögelst! Ich wollte verdammt noch mal nur mit dir dort hin - weil es alles so neu für mich war! DAS ist der grund, warum ich so verletzt bin!

02.01.14 23:27:16: Joe: Also wenn du mich fragst, glaub ich nicht, dass sie kommen wird.

02.01.14 23:29:37: Joe: Mit wem habe ich denn Silvester verbracht. Wer ist es der ganz groß auf meiner Seite mit mir zu sehen ist ?

02.01.14 23:31:19: Joe: Deutlicher und öffentlicher kann ein Bekenntnis nicht sein.

02.01.14 23:36:56: Karla: SIE, kannst du jeden Tag haben, ich war neu! Du hast doch Silvester nur mit mir verbracht, weil sie ausnahmsweise mal was anderes vor hatte. Ja, die einzige, die unser Foto NICHT likt - ist Betty!!! Obwohl du doch auch alles bei ihr likst, schätze mal - sie will dich auch nicht mit mir teilen! Ich könnte grade Feuer spucken, so wütend bin ich!!!!!!!!!!

02.01.14 23:44:00: Joe: Ich habe Silvester mit Dir verbracht, weil ich es so wollte.
Egal wie viele da auch wütend auf mich waren.
Jetzt bist Du wütend. Na toll.
Am besten ich werde jetzt auch wütend.

02.01.14 23:51:48: Karla: Sei froh, dass du mir jetzt nicht unter die Finger kommst, so sauer wie ich bin! Und wenn deine anderen Frauen wegen Silvester böse auf dich sind - dann machst du was falsch!!! Denn meine Leute freuen sich alle darüber, weil sie annehmen - ich hätte nun jemand Liebes an meiner Seite mit dem ich glücklich bin, weil sie es mir von Herzen wünschen!

02.01.14 23:58:18: Joe: Ach Schatz....

03.01.14 00:07:13: Karla: Da ich weiß, dass du nicht gern schreibst, empfehle ich dir - dich ins Bettchen zu begeben. Gute Nacht Joe hab dich lieb!

03.01.14 00:07:42: Joe: Ich Dich auch. Gute Nacht mein Herz.

03.01.14 00:09:46: Karla: Schlaf gut und versuche abzuschalten.

03.01.14 00:10:11: Joe: Mach ich...hier noch etwas schwarzer Humor...für uns Beide...

03.01.14 00:12:59: Karla: Mir ist ganz sicher nicht nach lachen, nachdem meine Wünsche, Hoffnungen und Träume wie eine Seifenblase zerplatzt sind!

03.01.14 00:15:41: Joe: Na dann gute Nacht. Zwinker.

03.01.14 00:17:31: Karla: Dito!

...

03.01.14 09:51:13: Joe: Guten Morgen mein Schatz. Ich wünsche Dir neben Deinem sonnigen Gemüt, das Du ohnehin besitzt einen sonnigen Tag. Mir wünsche ich, dass Dein Herz voller Liebe so groß sein möge, mir meine Ungeschicklichkeiten zu verzeihen, die Wut auf mich zu verdampfen, da ich wieder mal vergessen habe, dass du ja erst mal in kleinen Schritten dieses Neuland der Polyamorie neugierig und mutig zugleich beschreiten möchtest. Ich küsse Dich zärtlich. Dein Joe

03.01.14 09:59:31: Karla: Guten morgen, hatte eine grauenvolle Nacht mit den schlimmsten Träumen und fühle mich gerade nicht sonnig gestimmt. Es liegt nicht an dir, du lebst ja schon so lange in dieser deiner Welt. Jedoch habe ich es immer vermieden, mich mit irgend welchen Exfrauen zu treffen, so gern sie das auch immer wollten und von diesem Weg werde ich auch NICHT abweichen! Da es immer VOR meiner Zeit war- geht mich das nichts an. Hier ist es aber noch schlimmer. Eine Ex, die ständig und immer weiter in deinem Leben und an deinem Hals hängt! Damit komme ich mit meinem heißen Herzen gerade nicht klar. Das kenne ich so nicht! Wünsche dir einen schönen tag!

03.01.14 10:05:07: Joe: Danke Dir. Na da haben wir ja beide eine unruhige Nacht hinter uns. Ich habe auch ganz schlecht geschlafen. Für mich ist es ebenfalls Neuland, der Versuch alles offen und ehrlich zu kommunizieren. Gar nicht so einfach.

03.01.14 10:07:36: Karla: Nachtrag: Zudem kommt noch eine große Portion Enttäuschung, weil ich nicht der Mensch bin, der ständig nur zuhause sitzt und will auch mit einem Partner keine Beziehung, die sich nur am Sofa abspielt! Ich bin so neugierig, will immer neues lernen und freute mich wie ein Kind darauf - mit dir gemeinsam irgendwo hinzufahren und zudem Neuland zu entdecken. Das ist wie - vor Freude tagelang um den Weihnachtsbaum rumlaufen und dann doch nichts bekommen! So dolle enttäuscht bin ich!

03.01.14 10:08:04: Joe: Na dann lass uns am Di doch einfach hinfahren. Nur Du und ich.

03.01.14 10:10:09: Joe: Es war dumm und unüberlegt von mir gleich mal zu Dritt auf dem Polyamoriefreundetreffen auflaufen zu wollen.

03.01.14 10:12:20: Joe: Ich habe mich da einfach nicht in deine Lage versetzt.

03.01.14 10:13:31: Joe: Nur an mich gedacht.

03.01.14 10:18:13: Joe: Wenn du magst können wir ja heute einen Kinoabend machen und miteinander reden. Dabei nur gucken und nicht anfassen.

03.01.14 10:20:47: Karla: Ich glaube vieles, weil ich den Menschen vertraue! Aber wenn Mann morgens 1.30 Uhr vom Tango mit Betty zurück kommt, hört es für mich auf mit der Märchenstunde. Du glaubst doch nicht wirklich, dass Betty auf diese Veranstaltung mit dir verzichten würde? Dann hast du einen sehr naiven Glauben. Ich möchte mir meine kindliche Freude und mein staunen noch erhalten, aber verwechsle es bitte nicht mit Dummheit!!! Ich kenne diese Art Frauen schon viele Jahre. Wenn sie einmal jemand am Haken haben, lassen sie nicht locker! Ich bin anders - ich lasse los! Tolle Idee, aber du weißt, das geht nicht zwischen uns, dafür begehre und liebe ich dich viel zu sehr!

03.01.14 10:26:52: Joe: Für Dich lasse ich es gerne darauf ankommen. Da lege ich mich auch gerne mal mit einer Ex an. Und was heute Abend betrifft . Meine Einladung steht.

03.01.14 10:30:31: Karla: Ich kann mich nicht nur freuen wie ein Kind, ich bin zudem auch trotzig wie ein Kind!!! Keine Ahnung, muss darüber nachdenken...

03.01.14 10:30:43: Joe: Ich liebe Dich dafür mein Herz.

03.01.14 10:33:01: Karla: Doofer!

03.01.14 10:32:17: Joe: Lass Dich küssen Kleines.

03.01.14 10:34:49: Karla: Das fehlt mir gerade noch! Mach dich an deine Arbeit, einer MUSS ja das Geld verdienen! Also hopp, hopp, hopp und nicht gebummelt.

03.01.14 10:34:58: Joe: Oh ja... Ich eile...bis dahin...du bist so süß.

...

03.01.14 13:44:27: Karla: Sitze noch in meinem Schmollwinkel und trotze. Biete aber zum Tausch: heutiger Kinoabend ohne anfassen - gegen morgigen Nachmittag und Nacht mit "Reste-trinken" an. Dafür, dass ich dich NIE mehr sehen wollte, ein MEHR als faires Angebot!

03.01.14 13:48:15: Joe: Das finde ich auch. Sofort angenommen. Rechne also mit Deiner Entführung so gegen 19 Uhr...

03.01.14 14:03:45: Karla: So spät? Nun gut. Ich hoffe, du hast ein dickes Fell und viel Geduld. Ich liebe dich, werde aber nicht mit "fliegenden Fahnen" in deine Arme sinken! Danke, dass du das Tauschangebot akzeptabel findest und annimmst!

...

03.01.14 15:23:34: Joe: Bin etwas früher da...18.15

03.01.14 15:43:29: Karla: Sehr schön!

...

04.01.14 10:46:02: Karla: Guten morgen mein Herz! Nur noch wenige Stunden, dann sehen wir uns am Markt wieder, so wie am 28.11.vergangenen Jahres. (Nur eben in der Glühweinhütte). Ich freu mich!

04.01.14 10:48:22: Joe: Guten Morgen Kleines.

04.01.14 10:49:50: Karla: ♥

04.01.14 10:48:57: Joe: Bis nachher

04.01.14 10:50:30: Karla: Jaaaaaaaaaa!

04.01.14 10:50:52: Joe: Jaaaaa

04.01.14 10:52:33: Karla: Heissssss

04.01.14 10:51:34: Joe: Sehr heissss

04.01.14 10:53:30: Karla: Oh jaaaaaaa

04.01.14 10:54:28: Karla: Und wunderschön die Bilder!!!!!!!!

04.01.14 10:53:45: Joe: Finde ich auch...

...

04.01.14 14:14:54: Karla: Da hast du noch etwas um die Zeit zu überbrücken .:-D

04.01.14 14:14:43: Joe: Nicht schlecht...wir wird gleich ganz warm ums...

04.01.14 14:16:07: Karla: Ha,ha...

04.01.14 14:16:29: Karla: Ich geh jetzt duschen - OHNE dich!

04.01.14 14:15:37: Joe: Jaaaa

04.01.14 14:17:24: Karla: Irgend wann kommst du auch mal in den Genuss!!!

04.01.14 14:16:28: Joe: Oh bitte....

04.01.14 14:18:00: Karla: Bis dann........

04.01.14 14:17:04: Joe: Bis gleich Schatz

04.01.14 15:22:48: Karla: Ich mach mich jetzt los.... Bis dann am Stand.....

04.01.14 15:23:14: Joe: Ich auch gleich...

04.01.14 15:33:51: Karla: 15.54 bin ich am Markt (laut Fahrplan)

...

06.01.14 09:34:15: Karla: Guten morgen mein Liebling! Ich muss mich schon SEHR über dich wundern..... Was ist denn mit dir los? Küsschen deine Karla

06.01.14 09:46:21: Joe: Guten Morgen Schatz. Ich dachte mir, diese Fotos von uns sind einfach mitteilenswert...

06.01.14 09:50:45: Karla: Ja, finde ich auch, weil sie wirklich wunderschön sind! Aber dass ausgerechnet DU sie auf DEINER Seite postest - hätte ich NIE gedacht. Ich gebe aber zu, dass es keinen größeren Beweis deiner Zuneigung zu mir geben könnte und daher wundere ich mich ja auch!

06.01.14 09:51:47: Joe: Eine alte Freundin hat mir geschrieben...sie freut sich mit uns...drückt uns die Daumen.

06.01.14 09:56:38: Karla: Hm... War mir klar, dass man dich nun dazu befragt, geht mir ja nicht anders. Da ich solo bin, darf ich mich auch frei und gern zu dir bekennen, aber ich dachte - ein Polyamorist, der mehrere Eisen im Feuer hat, würde das NIE tun! Daher wundert es mich, macht mich aber sehr stolz auf dich!!!

06.01.14 09:58:09: Joe: Danke Kleines. Polyamoristen sollten sich da eigentlich auch miteinander freuen können...

06.01.14 09:59:44: Karla: Habe dir dafür ein hübsches Herz auf meine Seite gestellt!

06.01.14 10:00:46: Karla: Und du meinst, dass sich deine polyamoren Frauen nun ehrlich mit dir freuen?

06.01.14 10:01:56: Karla: Habe mir mal deine alte Freundin bei dir angesehen. Ich bin aber ein VÖLLIG anderer Typ, oder?

06.01.14 10:01:59: Joe: Ich weiß es nicht...ob sie sich freuen werden...das ist auch für mich sehr spannend...

06.01.14 10:03:00: Joe: Sie hat genauso ein großes Herz für ihre Mitmenschen wie Du.

06.01.14 10:06:06: Karla: Na klasse - aber einen Versuch wert! Betty wird es sicher nicht freuen! Ist nur das große Herz für andere ein Kriterium für dich? Ich meinte, auch allein vom Typ her, sind wir uns so gar nicht ähnlich.

06.01.14 10:06:09: Joe: Nun sie ist auch dunkelhaarig ... Lächel

06.01.14 10:07:46: Karla: Ach Männer.....

06.01.14 10:08:38: Karla: Hast du Betty gefragt, ob sie ihren Tanzkurs macht, oder lieber mit dir nach Leipzig möchte?

06.01.14 10:09:24: Joe: Nun was Betty betrifft...sie hat abgesagt...für gestern schon...muss sich um ihre Kinder kümmern... so schrieb sie es mir...

06.01.14 10:12:22: Karla: Verstehe, DESHALB warst du auch beizeiten zurück! ;-) hoffe, wir haben morgen die Chance zu zweit an der Veranstaltung teilzunehmen.

06.01.14 10:12:21: Joe: Da bin ich mir sicher...Betty scheint stinkig zu sein...

06.01.14 10:16:29: Karla: Den Eindruck habe ich auch, was nur meine aufgestellte Theorie bestätigt. Mal sehen, wer diese Fotos von uns beiden ebenso wenig gut findet? ;-) daher betrachte ich es (wieder einmal sehr romantisch) als Liebesbeweis und DU nur als Versuchsballon! :*)

06.01.14 10:17:09: Joe: Nein. Ich liebe Dich aufrichtig.

06.01.14 10:20:15: Karla: Upps! Solche Worte von Mr. ‚Grey'? Du machst mich gerade sehr verlegen und ich muss gestehen - mein Herzchen springt gerade im Achteck! Du musst es doch fühlen, ha

06.01.14 10:20:42: Karla: Hältst es doch in deinen Händen!!!!

06.01.14 10:20:07: Joe: Ja Kleines.

06.01.14 10:25:17: Joe: So jetzt will ich mal was tun...meine Arbeit ruft.

06.01.14 10:27:04: Karla: Mir kommt gleich vor Rührung ein Tränchen die Wange runter gekullert, also lassen wir das lieber! Ich war ja gestern kreativ und will heute auch einiges hier schaffen. Ich kann nur hoffen, du eiferst meinem Beispiel nach und erledigst heute Dinge, die du vor hattest. Am Mittwoch hast du ja bereits den Termin! Es lädt ohnehin keine

Sonne zum Spaziergang ein und auch ich kümmere mich noch um schriftliches. Besser, ich erledige das leidige heute und habe morgen den Kopf und mein Herz für dich frei!

06.01.14 10:27:03: Joe: Na dann. Lass uns frisch ans Werk gehen.

06.01.14 10:28:18: Karla: Dann mach es gut mein Liebling und frohes Schaffen!!!

...

06.01.14 17:35:26: Karla: Na Schatz, hast du viel schaffen können? Habe auch eine Menge geschafft, muss aber noch fleißig sein, hatte nur eben Sehnsucht nach dir!

06.01.14 17:55:12: Joe: Habe heute Vormittag die erstellte Gliederung für meine Arbeit gelesen und so bei mir gedacht: Gar nicht so schlecht ...jetzt werde ich mir aber erst mal einen Tee kochen...

06.01.14 18:01:09: Karla: Freut mich, dass du dir die Zeit für deine Arbeit genommen hast. Finde es von Vorteil, wenn du selbst ein gutes Gefühl dabei hast...Während du deinen Tee genießt, werde ich mal in der Wanne entspannen. Tschüss Engelchen ♥

...

07.01.14 11:37:01: Joe: Hallo mein Schätzchen. Die Sonne lacht...die Vorfreude steigt...werde jetzt noch fleißig sein...und mich auf heute Abend freun.

...

07.01.14 16:31:57: Joe: Alles geschafft. Der Abend kann kommen...Bin gerade dabei eine Kleinigkeit zu essen und einen Tee zu trinken...hast Du noch den Handwerker im Haus...ist die Falttür eingepasst...bis nachher

...

07.01.14 18:24:21: Joe: Liebe heißt : Lass immer eine Brücke entstehen .
Liebe heißt nicht, diese immer wieder einzureißen.

...

09.01.14 14:02:37: Karla: Wäre es dir möglich am Sonntag eventuell NICHT bei deiner Mam zu essen? Würde gern mit dir gemeinsam essen, falls du magst und einen wirklich schönen Sonntag genießen wollen.

09.01.14 14:10:53: Joe: Ja. Dies ist natürlich möglich und gern nehme ich Dein Angebot an. Lass uns den Sonntag genießen.

09.01.14 14:35:21: Karla: Danke! Das wünsche ich mir wirklich sehr! Ein Sonntag, der nur der Liebe und Zärtlichkeit gewidmet ist.

...

10.01.14 12:04:59: Karla: Ich stell mir gerade vor - dass Ben da ist, wir etwas trinken, reden, lachen... Wie ich dich küsse und er das auch möchte, wie du meine Brüste streichelst, er dazu kommt und mich auch berührt...ich streichle, küsse euch... Die Kleidung fällt und ich kümmere mich liebevoll um eure Männlichkeit, vier Hände sind überall an meinem Körper - der sich vor Lust bäumt....

10.01.14 12:16:43: Joe: Oh ja...heiße Phantasie ... die wir verwirklichen werden

10.01.14 12:17:18: Joe: Hallo mein Schätzchen .

10.01.14 12:19:09: Karla: Das ist nun wieder das GUTE daran - über reichlich Phantasie zu verfügen! ;-)

10.01.14 12:18:13: Joe: Stimmt.

10.01.14 12:19:29: Joe: Bin gerade zu Tisch...

10.01.14 12:20:57: Karla: Ich freu mich schon riesig auf Sonntag! Dann werden wir (unter anderem) sicher auch baden oder duschen....

10.01.14 12:20:01: Joe: Oh ja Kleines.

10.01.14 12:21:34: Karla: Bis später....

...

10.01.14 16:12:02: Joe: Habe Ben gerade mal geantwortet und angefragt, wann es bei ihm am besten passt. Wir sind ja da recht flexibel...

10.01.14 16:15:12: Karla: Das stimmt Herzchen! Meinst du nicht - wir warten noch bis ich etwas schlanker bin? 2 kg sind erst weg!

10.01.14 16:15:35: Joe: Na das ist doch schon ganz ordentlich in der kurzen Zeit.

10.01.14 16:36:29: Karla: Du willst es aber auch wissen, du Strolch, oder?

10.01.14 16:38:27: Joe: Ja. Aber es drängt nicht. Ich finde es einfach nur sehr reizvoll.

10.01.14 16:40:26: Karla: Ich auch!!!! Sehr interessante Vorstellung!!!! :-*

10.01.14 16:42:51: Karla: Du kennst es zumindest schon, in beide Richtungen - während es für mich absolutes Neuland ist! :-)

10.01.14 16:43:38: Joe: Du wirst es mögen...da bin ich mir sicher.

10.01.14 16:45:34: Karla: Ich vertraue dir mein Liebling!

10.01.14 16:46:16: Joe: Solltest du es nicht mögen...kein Problem...dann genießen wir es intensiv zu zweit.

10.01.14 16:49:58: Karla: Das werden wir bereits am Sonntag!!!

10.01.14 16:49:21: Joe: Oh jaaa!!!

10.01.14 16:51:54: Karla: Dann holen wir die letzten zwei mal nach, die ich uns vermasselt habe!

...

14.01.14 09:37:44: Karla: Guten morgen Liebling!!! Treffe mich jetzt mit meiner Freundin bei Backfactory und werden ausgiebig frühstücken. Ich wünsche dir einen superschönen Tag!!!! Deine Karla

14.01.14 09:43:43: Joe: Viel Freude Dir und deiner Freundin. Ich bin bereits gedanklich in meiner Arbeit...und nebenher am frühstücken

...

15.01.14 12:06:18: Karla: Grüß dich mein lieber, fleißiger Schatz! Nach dem MRT muss ich noch einkaufen, bisschen aufräumen und mich frisch machen. Wäre 18.00 Uhr in Ordnung für dich? Ich schlage einen tollen "Chefsalat" vor, den ich gern mit dir gemeinsam vorbereiten würde. Magst du? Ich freu mich wirklich SEHR darauf - dich zu sehen, zu fühlen und wieder an meinem Lieblingsplatz zu ruhen...

15.01.14 12:59:25: Joe: Sehr gern mein Liebling. Ich will ja schließlich von Dir lernen Kleines. Bin 18 Uhr da. Bis dahin auch Dir gutes Gelingen.

15.01.14 13:25:29: Karla: Sehr schön!!! Freu mich riesig!!!!

...

15.01.14 17:10:44: Karla: Soeben erst zuhause angekommen. Nun muss ich mich beeilen, da ich aber ÜBERHAUPT NICHT neugierig bin - bin ich zumindest ganz doll gespannt auf die kleine Überraschung!

15.01.14 17:11:22: Joe: Genau. Wie schön. Hab noch etwas Geduld.

15.01.14 17:13:42: Karla: Na DAS ist ganz bestimmt eine meiner Stärken!!! :*)

15.01.14 17:13:26: Joe: Ich weiß ...zwinker

15.01.14 17:19:40: Karla: Du Schuft!!!

...

16.01.14 21:55:18: Karla: Du kannst ganz beruhigt sein, ich werde Ben auf keinen Fall vor Mittwoch sehen - denn ich liege völlig flach!!! Mich hat es umgehauen. Fieber, husten, schnupfen, Schüttelfrost......

16.01.14 22:03:31: Joe: Oh weh...hast du dich erkältet...

16.01.14 22:05:42: Karla: Scheint so. Innerhalb von zwei stunden, dann lag ich....

16.01.14 22:06:26: Karla: Vorher war alles ok. Bin nicht mal sicher, ob wir uns Mittwoch sehen können.

16.01.14 22:05:40: Joe: Dann mummle Dich mal schön ein...

16.01.14 22:06:46: Joe: Hast Du heißen Tee...das hilft..

16.01.14 22:09:35: Karla: Ich denk - mit oder ohne Tee, da muss ich jetzt durch! Hast DU mit der Voodoopuppe gespielt - damit ich Ben nicht treffen kann?

16.01.14 22:09:20: Joe: Welche Voodoopuppe...grins

16.01.14 22:11:18: Karla: Du scheinst MEHR Macht zu haben - wie ich annehme!

16.01.14 22:11:51: Joe: Ben wird schon mal Geduld haben...oder ?

16.01.14 22:14:00: Karla: Ihr beide müsst nun Geduld haben!

16.01.14 22:13:21: Joe: Bin auch gleich am niesen...

16.01.14 22:14:53: Karla: Denn DICH werde ich auch nicht sehen! Du musst gesund sein für deine Arbeit!

16.01.14 22:15:16: Joe: Da hast du recht, werde auch bald ins Bett gehen...Schlaf macht und hält gesund.

16.01.14 22:19:54: Karla: Ich würde ja sagen, deine anderen Frauen haben nun mehr von dir - doch du willst ja Aufklärungsarbeit leisten und offen ALLEN gegenüber sein! ;-) Dann wünsche ich dir eine gute Nacht und schlaf gut!

16.01.14 22:24:51: Joe: Du auch und gute Besserung Kleines.

16.01.14 22:28:19: Karla: Danke!

...

17.01.14 10:27:06: Joe: Guten Morgen mein Schatz. Wie geht es Dir?

17.01.14 10:31:41: Karla: Ruf mich kurz an, dann hörst du mich. ;-)

...

18.01.14 09:48:22: Joe: Oh weh.....

18.01.14 09:48:45: Joe: Guten Morgen Spätzchen

18.01.14 09:50:20: Karla: So schrecklich wie ich aussehe - fühle ich mich auch! Guten morgen mein lieber Joe, ich hoffe, du konntest gut schlafen und hast vielleicht schon von der AIDA geträumt?

18.01.14 09:52:08: Joe: Habe gut geschlafen...gerade frische Brötchen geholt...esse Honigbrötchen, da es mir in der Nase schon kribbelt...

18.01.14 09:57:43: Karla: Oh, das wäre nicht gut, wenn es dich auch noch erwischt!!! Würde jetzt auch gern ein leckeres Brötchen essen, fühle mich allerdings zu schwach zum essen und würde ohnehin nichts schmecken. Also, Karaoke fällt aus! Hab dich lieb Joe! Die Sonne scheint gerade zu mir ins Zimmer rein, will sicher mal nach mir sehen und mich optimistisch stimmen....

18.01.14 09:58:58: Joe: Ja...sie hat den Auftrag dazu bekommen...nachher werde ich mal die Reedereilisten anfordern...

18.01.14 09:59:44: Joe: Ich habe Dich auch lieb Kleines.

18.01.14 10:01:19: Karla: Süss!!! Danke!!!

18.01.14 10:01:53: Karla: Hab einen schönen Tag mein Joe!

18.01.14 10:01:09: Joe: Danke meine Kleine.

18.01.14 10:02:46: Karla: ♥

...

18.01.14 13:33:58: Karla: Müsste für heute ausreichen.... ;-)

18.01.14 13:33:04: Joe: Wow

18.01.14 13:34:00: Joe: Wahnsinn.

18.01.14 13:34:08: Joe: Danke.

18.01.14 13:35:46: Karla: Um dir zu zeigen - wie lieb ich dich habe!!!

18.01.14 13:35:29: Joe: Ich bin überwältigt...Tausend Küsse

18.01.14 13:38:35: Karla: Ich bin ja auch sehr traurig, es ist Wochenende und wir können nicht zusammen sein. Dafür bekommst du all die Küsschen in echt - wenn wir uns irgendwann wiedersehen!!! :-D

18.01.14 13:39:10: Joe: Vielleicht geht es Dir ja morgen Abend schon etwas besser ...

18.01.14 13:42:07: Karla: Nein mein Süßer, das wird mindestens 8 Tage brauchen. Echt! Hatte es bereits in dieser schlimmen Form, daher weiß ich um die Dauer. :*)

...

19.01.14 10:25:38: Karla: Guten morgen mein fröhlicher Liebling! Ich bedanke mich herzlich für deine liebevollen Küsse zum Sonntagmorgen. Leider habe ich erneut eine schlechte und wenig erholsame Nacht hinter mich gebracht. Ich schicke dir wieder ein Gruselfoto mit, damit du mich wenigstens sehen kannst. Erst wenn du dort wieder eine hübsche und fröhlich lachende Frau erblickst - können wir uns wieder in die Arme nehmen. Auf diesen tag freue ich mich schon sehr! Diese Freude darauf - wird mir helfen schnell gesund zu werden!!!!

19.01.14 11:52:14: Joe: Ja das wird ganz sicher so sein. Ich finde, Du siehst auch schon wieder etwas besser aus...nicht mehr ganz so gruselig ...zwinker

19.01.14 11:56:55: Karla: Ja, ein klein wenig gruseliger sehe ich schon aus, das stimmt, doch fühle ich mich unglaublich schwach! Meine Beine scheinen aus Pudding zu sein. Ich schlafe noch sehr viel. Aber jeder Tag der vergeht - bringt mich der Genesung etwas näher. Ich vermisse dich bereits sehr - muss aber noch geduldig sein! Wie geht es DIR mein Schatz?

19.01.14 11:56:21: Joe Der Schal hilft ....

19.01.14 11:57:54: Karla: Oh, welch Freude! Dankeschön!!!!

19.01.14 11:58:10: Karla: Du siehst so gut aus auf dem Foto mein Schatz!

19.01.14 11:58:30: Karla: Tut gut - dich zu sehen!!!!

19.01.14 11:57:14: Joe: Danke.

19.01.14 11:59:13: Karla: Schwupps, geht es mir vor Freude gleich ein Stückchen besser!!!

19.01.14 11:58:35: Joe: Hab den Tisch gedeckt...gleich gibt es Mittagessen...

19.01.14 12:00:52: Karla: Was gibt es? Wäre jetzt gern mit dir zusammen und wir könnten etwas leckeres essen....

19.01.14 12:00:17: Joe: Kartoffeln, Spinat, Gehacktesklopse und Ei.

19.01.14 12:00:48: Joe: Hinterher Eis!!!

19.01.14 12:02:15: Karla: Oh ja! Dann lass es dir gut schmecken mein Engelchen!

19.01.14 12:02:26: Karla: Oh Sünde!!!!

19.01.14 12:01:50: Joe: Damit ich groß und stark bleibe...

19.01.14 12:04:03: Karla: Wenn ich gesund bin, brauchst du all die Kraft für MICH!!!! Ich liebe dich mein Schatz!!! :-* <3

19.01.14 12:03:44: Joe: Danke und bis später Kleines.. Jaaa gerne...du bekommst alles... Bis zum letzten Tropfen.

19.01.14 12:05:19: Karla: Hmmmmmmmm

...

21.01.14 21:55:39: Karla: Heute war irgendwie mein Glückstag!

21.01.14 21:56:44: Karla: Erst warst du hier und es war so wundervoll und dann schickte mir Anja auch noch Brot, Wurst und Käse! Süß!

...

22.01.14 16:51:27: Karla: Darf ich dich kurz hören, oder geht es gerade nicht? Habe Sehnsucht....

22.01.14 17:02:42: Joe: Hallo Schatz. Ich bin gerade noch in der Stadt. Rufe Dich nachher sofort an. Bis gleich Kleines.

22.01.14 17:05:00: Karla: Ok, freu mich!

22.01.14 17:05:27: Joe: Ich mich auch.

...

23.01.14 10:09:32: Karla: Guten morgen mein Schatz, ich möchte dir einen angenehmen Donnerstag wünschen! Bis später, deine Karla

23.01.14 10:16:45: Joe: Danke meine Kleine. Bin gerade am frühstücken. Der Tag kann beginnen...

23.01.14 10:18:26: Joe: Ich hoffe ja, das du diesmal gut geschlafen hast. Gut in den Tag starten kannst...

23.01.14 10:22:18: Karla: Ja, von 2.00 - 10.00 Uhr! Schön ausgeschlafen!!!!

...

24.01.14 09:58:00: Joe: Dir einen dicken Kuss mein Schatz. Hattest Du einen erholsamen Schlaf? Ich bin ausgeschlafen. Tee und Honig tun mir gut. Ich hoffe das bleibt so. Bis bald meine Liebste

24.01.14 10:38:32: Karla: Guten morgen Liebling! Ja, du musst auch durchhalten, sonst bin ich voll mit Schuldgefühlen. Leider geht es mir nicht besser und ich frage mich - ob wir uns wirklich morgen treffen sollten? Bis jetzt hast du dich gut gehalten, aber würde es nicht bedeuten - das Schicksal herausfordern? Bitte gib du die Antwort, denn schließlich brauchst du alle Kraft für deine Arbeit!

24.01.14 10:39:33: Karla: Ich liebe dich mein Spatz, bis später...

24.01.14 10:51:23: Joe: Ich denke mal, dass können wir morgen einfach spontan entscheiden. Ich möchte Dich sehr gerne sehen. Deine Motto-Party fordert ja auch Kraft schon in der Vorbereitung...diese zu verschieben, ist sicher angebracht, bis du wieder gesund bist...anderseits motiviert es aber auch gesund zu werden.

24.01.14 11:07:38: Karla: Oh, das mit den Vorbereitungen, das bekomme ich schon hin. Ich schreibe gerade Karten für die einzelnen Spiele und muss noch überall in der Wohnung die Utensilien zusammen suchen. Klar, jeder Schritt strengt an, würde auch lieber liegen, doch die Vorfreude spornt mich an. Ich habe auch sehr große Sehnsucht nach dir mein Joe, doch die Liebe zu dir sagt mir, dass ich NICHT egoistisch sein darf, dass ich dich vor meinen Viren und Bazillen schützen sollte! Nicht auszudenken - wenn es DIR so schlecht geht und du in deiner Schaffensfreude ausgebremst wirst! Gut, wir rufen uns morgen Vormittag an, dann sehen wir weiter. Ich würde jetzt lieber gesund sein, mit dir in die Heide fahren und dort Hand in Hand durch den Schnee spazieren....

...

24.01.14 12:15:50: Karla: Schatz, heute ist der Tag der Komplimente! Ich wollte dir schon lange einmal sagen, wie reizvoll ich deine große und schlanke Figur finde! Besonders deine männlich behaarte Brust - hat es mir angetan - sowie deine positive Ausstrahlung! Ich liebe dich mein Joe!!!!

24.01.14 12:39:59: Joe: Danke Schatz für deine Liebe und deine Komplimente. Ich liebe deine Kreativität und Lebensfreude, deine Lebendigkeit spornt mich an. Lass dich in deinen Vorbereitungen nicht aufhalten. Ich bin ja auch schon ganz gespannt. Was wohl das Motto sein könnte? Ich freu mich auf Dich, kann's nicht erwarten.

24.01.14 12:43:24: Joe: Wir können ja am Sonntag nach dem Essen etwas durch den Schnee laufen... Wenn es unsere Gesundheit zulässt...

24.01.14 12:45:45: Karla: Danke mein Schatz! Du bist mein Mann und ich werde es akzeptieren, dass du selber für dich entschieden hast (trotz vieren) herzukommen! Ich freu mich riesig auf dich! Ja, guter Vorschlag mit Sonntag! Toll!

...

25.01.14 10:29:34: Karla: Einen wunderschönen guten morgen, dir mein lieber Joe! Momentan fühle ich mich etwas besser und hoffe auch, dass es so bleibt, denn ich freu mich schon so sehr darauf - dich heute zu sehen und auch auf meinen Lieblingsplatz!!! Deine Karla

25.01.14 10:32:34: Joe: Guten Morgen Schatz. Mir geht es auch gut. Habe das Niesen verbannt. Die Vorfreude auf unser gemeinsames Wochenende steigt. Bis dahin. Dein Joe

25.01.14 17:04:16: Karla: Nur noch zwei Stunden und wir können uns endlich wieder in die Arme schließen!!! Wir werden einen kurzweiligen und geselligen Abend haben und die gemeinsame Nacht. Zwei Stunden nur noch mein Liebling!!!

25.01.14 17:19:08: Joe: Oh ja. Bin 19 Uhr da. Ich küsse Dich mein Schatz.

...

27.01.14 08:47:14: Karla: Guten morgen mein Schatz, gut geschlafen? Sieh dir mal bitte meine Seite bei facebook an. Richtig hübsch! Wünsche dir nachher ein gutes Gespräch und einen schönen Montag!!! Deine Karla

27.01.14 08:51:33: Joe: Danke mein Schatz. Ja das werde ich machen. Bin gerade am aufstehen. Dir auch viel Erfolg beim Arztgespräch. Ich drück Dich lieb und küsse Dich zärtlich . Dein Joe

27.01.14 08:54:47: Karla: Dankeschön du Süßer! Habe gerade geduscht, nun schnell noch Sachen suchen und in 30 min hier los..... Bis später schatz......

...

27.01.14 21:52:19: Joe: Mein Schatz. Ich wünsche Dir eine gute Nacht und süße Träume. Schlaf gut. Dein Dich liebender Joe

27.01.14 21:57:03: Karla: Den Ben habe ich hier in whatsapp gefunden. Er hat NICHT mehr angerufen! So viel zu seiner Zuverlässigkeit! Ich beschäftige mich lieber mit dem neuen Handy und denke an dich mein Schatz! Ich wünsche dir auch eine gute Nacht und schöne Träume mein Liebling. Ich liebe dich, deine Karla

27.01.14 21:57:10: Joe: Na da wünsche ich Dir noch viel Spaß mit deinem neuen Handy.

27.01.14 22:00:03: Karla: Danke Schatz, da ich gern neues hinzulerne - macht es wirklich Spass! Gute Träume mein Joe!

27.01.14 21:59:48: Joe: Dir auch Kleines. Und nicht erst 6 Uhr schlafen gehen...zwinker

27.01.14 22:01:51: Karla: Werd mir Mühe geben! (lächel) :-D

...

28.01.14 11:03:51: Joe: Guten Morgen meine süße Maus. Ich wünsche Dir einen erlebnisreichen und weitere Gesundung bringenden Tag. Ich werde heute mal versuchen, erste Zeilen zu Papier zu bringen. Anfangen ist entscheidend. Ich drücke und küsse Dich voller Leidenschaft. Dein Joe

28.01.14 11:18:01: Joe: Deinen Vorschlag zwei Tage und Nächte miteinander zu verbringen habe ich natürlich nicht vergessen...

28.01.14 11:19:46: Karla: Ich grüße dich mein Liebster! War der Samstag zu viel, der Sonntag zu kalt, oder die Zeit gestern zu viel - wer weiß? Nun liege ich wieder flach, geplagt von Husten, Schnupfen und Schüttelfrost - wie am 1. Tag! Zudem habe ich (nur im Wohnzimmer) keinen Strom! Aber die Sonne scheint und du hast sooooo lieb geschrieben, dass es mir gleich etwas besser geht! Es freut mich wirklich sehr, dass du den Drang hast, deine Gedanken und Aufzeichnungen nun zu Papier bringen möchtest! Ein guter, lobenswerter Entschluss! Ich küsse dich in Gedanken überall hin, du süßer Schatz! Deine Karla

28.01.14 11:20:52: Karla: Oh, DIESER Vorschlag hat sich nun leider erledigt! Schade, aber holen wir irgendwann nach! :-D

28.01.14 11:21:39: Joe: Auf jeden Fall...mit dem Gefühl meinerseits einen guten Start hingelegt zu haben...sowie mit einer wieder gesunden Karla wird es umso phantastischer werden...

28.01.14 11:23:53: Karla: Das wird es mein Engelchen!

28.01.14 11:22:48: Joe: Es tut mir echt leid...schon wieder erkältet... Dann keinen Strom...

28.01.14 11:25:49: Karla: Kein Problem, ich bin stärker - wie man glauben mag. Nun sorge dich nicht - sondern mach dich frisch ans Werk! Ich liebe dich!!!

28.01.14 11:25:29: Joe: Ich liebe Dich. Und das ist gut so.

...

28.01.14 19:25:05: Karla: Ich habe den ganzen Tag versucht - dich NICHT zu stören! Nun bin ich aber doch neugierig und würde gern wissen wollen - wie dein Tag war und ob du einen Anfang gefunden hast?

...

29.01.14 10:47:36: Karla: Guten morgen Schätzchen! Bist du bereit - weitere Zeilen niederzuschreiben, oder machst du einen Tag Pause? Leider kann ich nichts Positives vom Krankenlager vermelden. Alles unverändert! Ich muss mir die Zeit scheinbar nehmen - um es richtig ausheilen zu lassen. Meine Gedanken sind aber ganz nah bei dir und fühlen sich wohl bei dir mein Liebling!

29.01.14 10:51:40: Joe: Guten Morgen Schatz. Gerade habe ich meine Einleitung aufgeschlagen und überflogen...heute werde ich daran weiterarbeiten ... Vielleicht steht ja dann bis zum Wochenende die erste Fassung...so ist zumindest der Plan ...ich knuddle und herze Dich voller Liebe...gute Genesung meine Kleine...dein Joe

29.01.14 10:57:41: Karla: Schon fleißig, ich lobe dich mein Schatz! Ich mag Menschen mit Ehrgeiz. Nicht so dolle knuddeln - autsch! Mir tut jeder Muskel weh, geh vorsichtig mit mir um... Dann werde ich dich jetzt deiner Einleitung überlassen und wünsche dir, dass die guten Gedanken dafür nur so perlen!!! In Liebe deine Karla

29.01.14 10:57:42: Joe: Ich danke Dir Mäuschen.

29.01.14 10:58:36: Joe: Ich liebe DICH.

29.01.14 11:01:48: Karla: Ich sehe schon, du bist voller Liebe und guter Gedanken - da sollte wirklich eine sehr gute Arbeit gelingen!!!

...

29.01.14 20:35:36: Karla: Oh danke mein herzlicher Ritter für die heißen und feuchten Liebesküsse!

29.01.14 20:45:10: Joe: Auch nicht schlecht ... Grins.

29.01.14 20:48:09: Karla: Habe dir gerade noch etwas über facebook gesendet :-D

...

30.01.14 09:11:28: Joe:
Die Sonne scheint.
Der Tag erwacht.
Was wohl mein Mäuschen heute macht?
Ich hoff, die Traurigkeit verfliegt.
Die Freude in ihr Herz einzieht.
Die Lieb ihr Herz zum Hüpfen bringt,
die tief und ganz mein Herz durchdringt.
Dies macht mich glücklich , macht mich froh: Ich sag Dir was:
Ich lieb Dich.
Joe

30.01.14 09:30:33: Karla: Guten morgen. Nun ist mein Schatz noch unter die Dichter gegangen! Ist ja echt süß! Tom sein Anruf machte mich wach, der wissen wollte - wie es mir geht?

Falls es noch eine Steigerungsstufe zum negativen Allgemeinzustand gab, so habe ich diese erreicht! Nun sind noch richtig starke Halsschmerzen hinzugekommen. Sorge bereitete mir nachts ein großflächiger Ausschlag auf dem Bauch, dunkelrot und juckend, so dass ich mit Anja nachher zum Hautarzt wollte. Doch nun ist dieser sehr blass und ich wäre auch nicht in der Lage einen Fuß vor die Tür zu setzen. Bevor du fragst - ich lehne auch jegliche Krankenbesuche ab! Ich werde meine Bazillen (ganz egoistisch wie ich nun mal bin) für mich behalten! Ich wünsche dir, dass du auch heute gut voran kommst und auch die schönen Seiten des Lebens zwischendurch genießt! Ich drück dich lieb!!!

...

31.01.14 17:34:16: Joe:
Das Püppchen heut geschlafen hat...
Gut zugedeckt und warm verpackt...
Es schnurrt so wohlig vor sich hin...
Oh wie ich hingerissen bin...
Ich küsse, ich umarme Dich...
Bist Du es doch , die lieb hat mich...
Ich lieb Dich sehr mein süßer Schatz...
Dir gehört allein dein Lieblingsplatz...

In Liebe
Dein Joe

31.01.14 17:42:53: Karla: Du machst es mir nicht wirklich leicht Joe. Aus deinen Zeilen spricht so viel Liebe und doch finden wir keine einheitliche zukunftsorientierte Linie. Immer, wenn ich versuche loszulassen und einen Schritt zurück gehe - ziehst du mich mit aller Macht und Kraft wieder an dich!

31.01.14 17:44:35: Joe: Ja. So ist es, wenn ich liebe. Daran erkennst Du es. Ein schönes Gefühl, Dich zu lieben.

31.01.14 18:00:42: Karla: Ich habe solche Sehnsucht, will dich aber auch nicht sehen, bin so traurig, weil alles so kompliziert ist und mein heißes Herz nicht damit klar kommt. Ich fühle mich nicht sicher bei dir! Eher wie - zeitlich begrenzte Ware. Ich bin verletzt, weil wir so einen schönen Weihnachtsabend hatten und du danach weiter bei deinen anderen Frauen warst. Ich bekomme das mit meinem Herzen nicht hin. Zu wissen, dass ich dich seit 8 Wochen liebe und einen Mann habe, der noch andere Frauen liebt! Vielleicht werde ich deshalb auch nicht gesund - weil ich mich frage - wozu? Dann lese ich hier von anderen Männern, die auch so gern eine Frau für sich allein hätten. Und ich liebe einen Mann - dem ich nicht genüge! Ich versuche gerade ALLES um NICHT an dem Gedanken kaputt zu gehen, ihn zu verdrängen, dann kommt wieder so eine Nachricht von dir - und meine Gefühle sind wieder voller Liebe zu dir! Ich würde dich wirklich manchmal zum Teufel schicken wollen....;-)

31.01.14 18:09:11: Joe: Vielleicht sollten wir unsere Liebe zueinander einfach so nehmen, wie sie ist. Was gibt es schöneres als sich zu lieben. Wir machen ganz einfach das Beste daraus.
Gib dem Tag mehr Leben. Dem Leben mehr Tage zu geben, liegt ja nicht in unserer Hand.

...

01.02.14 09:32:15: Joe: Guten Morgen meine Liebste.

01.02.14 09:33:01: Joe: Schau mal wie die Sonne lacht.

01.02.14 09:34:10: Joe: Wie fühlst Du Dich heute?

01.02.14 09:42:36: Karla: Guten morgen mein Liebling! Anja kam gestern sehr spät mit etwas Suppe zu mir. Dieses mal kam sie rein und bemerkte nach kurzer Zeit ähnliche Krankheitsanzeichen - wie bei mir. Wir sind ja beide hochgradig Schimmelallergiker. Sie war über mein Aussehen und Zustand so stark erschrocken, dass sie sofort den Notarzt holen wollte!!! Da ich mich weigerte, brachte sie die großen Blumentöpfe ins Arbeitszimmer, dann riss sie alle Fenster weit auf und ich musste mich warm anziehen. Dann liefen wir morgens 00.00 Uhr bis 00.30 Uhr durch den Park und ich konnte endlich einmal Luft bekommen. Mir ging es schlagartig besser! Nun habe ich wieder eine schlimme Nacht hinter mir und alles ist wie zuvor! Werde mich dennoch gleich anziehen und wieder versuchen - mit ihr an die Luft zu kommen. Dies war nun eine sehr ausführliche Schilderung. Eines liegt mir aber noch am Herzen zu sagen: Ich liebe dich Joe!!!

01.02.14 09:47:51: Joe: Sauerstoff zu tanken ist sehr wichtig. Das scheint die Lösung zu sein. Täglich richtig durchlüften und einen Spaziergang machen. Ich drück Dich mein Schatz. Ich liebe Dich sehr. Gib Anja mal einen dicken Schmatzer auf die Wange von mir. Das hat sie sehr gut gemacht.

01.02.14 09:54:12: Karla: Ich denk mal - schlimmer, geht es wirklich nicht!!!!!!!

01.02.14 09:53:37: Joe: Wenn Du willst, gehe ich jeden Tag mit Dir spazieren .

01.02.14 09:55:09: Karla: Deshalb dürfen wir uns auch noch nicht wiedersehen!

01.02.14 09:55:44: Karla: Nein, du würdest auch krank werden!

01.02.14 09:55:36: Joe: Ich habe ein starkes Immunsystem.

01.02.14 09:57:46: Karla: Ich versuch mich in der nächsten Stunde mal hinzubekommen, denn ich MUSS einkaufen mit Anja, brauche die Minikarte für das Handy. Wird schon gehen. Schminke wird einiges verdecken! :-D

01.02.14 09:57:17: Joe: Gut so.

01.02.14 09:59:37: Karla: Schatz, ich liebe dich ZU SEHR, als dass ich das Risiko eingehen würde. Das ist MEINE Verantwortung - dir gegenüber!

01.02.14 10:00:47: Joe: Na mal sehen, wir gehen auf jeden Fall in den nächsten Tagen zusammen spazieren. Jetzt erst mal gutes Gelingen Dir und Anja beim Einkauf.

01.02.14 10:03:09:Karla: Ja, ich sehne mich sehr nach dir mein Joe! Ich gebe mir Mühe....

01.02.14 10:02:15: Joe: Sehr gut Kleines.

01.02.14 10:04:28: Karla: Eine Woche kann so grauenvoll lang sein....

01.02.14 10:05:24: Karla: ...wenn man wirklich liebt!

01.02.14 10:06:07: Joe: Stimmt. Und sie kann Energie freisetzen.

...

01.02.14 16:00:16: Karla: Na Liebling, was machst du gerade schönes?

01.02.14 16:04:57: Joe: Gerade habe ich mich mal wieder rasiert ...sah aus wie ein Strauchdieb...lächel

01.02.14 16:06:06: Joe: Hast du dein neues Handy schon in Betrieb?

01.02.14 16:12:50: Karla: Siehst bestimmt toll aus - so glatt rasiert! Ja. Habe gerade WhatsApp installiert. Liege am Sofa, da der Ausflug sehr anstrengend war! Anja kommt heute Abend ab 19.00 Uhr rüber. Ich denke viel an dich! Kuss deine Karla

01.02.14 16:13:04: Joe: Ich fühle mich auch ganz toll an...rieche phantastisch...du wärst begeistert.

01.02.14 16:14:54: Joe: Besonders an deinem Lieblingsplatz

01.02.14 16:17:20: Karla: Oh ja, das glaube ich dir und frage mich WEN du heute damit beglücken wirst? Denn für irgend jemand wirst du dir ja all die Mühe gemacht haben. ICH falle ja leider aus....

01.02.14 16:17:13: Joe: Wie wäre es mit Dir...ein klitzekleiner Spaziergang...und schon bin ich wieder weg...

01.02.14 16:20:14: Karla: Aber nur Spaziergang und nicht reinkommen! Damit wäre ich sogar einverstanden.

01.02.14 16:20:52: Joe: Ok. So machen wir das. Fahre in 10 min los.

01.02.14 16:22:03: Karla: Werde mich von meinem Lager derweil erheben..

01.02.14 16:20:52: Joe: Bin 16.45 da.

01.02.14 16:22:50: Karla: Freu mich!

...

02.02.14 11:14:54: Karla: Guten morgen Joe. Hoffe, du hattest gestern noch einen schönen Abend, eine angenehme Nacht. Sicher bist du heute wieder bei deiner Mam zum essen. Dann lass es dir ruhig gut schmecken, da du es ohnehin nachher wieder abbauen wirst. Ich fühle mich leider weiter schlecht und suche morgen Vormittag den Arzt auf. Wünsche dir einen schönen Sonntag, trotz des bewölkten Wetters. Hab dich lieb!

02.02.14 11:36:33: Joe: Ich Dich auch meine Liebste. Jetzt bin ich zu Mittag bei meiner Mam.. Mal sehen ob ich heute Nachmittag zum Tango gehen werde. Ich drück Dich. Hoffentlich hilft es Dir etwas, um wieder gesund zu werden. Dein Joe

...

02.02.14 18:59:17: Joe: Hatte heute keine Lust auf Tango. Hab mich lieber ausgeruht. Wie geht es Dir?

02.02.14 19:01:22: Karla: Bin in der Wanne....

02.02.14 19:01:50: Joe: Oh sehr schön...

02.02.14 19:03:09: Joe: Ja genieß es... Und schön die Finger oben lassen...

02.02.14 19:04:57: Karla: Ha

02.02.14 19:05:44: Joe: Ok ok...aber nur weil du krank bist...zwinker

02.02.14 19:07:51: Karla: Richtig.

02.02.14 19:07:22: Joe: Ich werde jetzt mal auf Essenssuche gehen...

02.02.14 19:10:50: Karla: Hm...ok....

02.02.14 19:10:39: Joe: Und deinen Song hören...Dankeschön mein Mäuschen.

02.02.14 19:16:29: Karla: Ich werde dir noch einen senden, den ich auch gerade in der Wanne singe! Dauert natürlich etwas mit laden, aber du bereitest ja ohnehin dein Essen...

02.02.14 19:16:25: Joe: Supi...

02.02.14 19:37:24: Karla: Nun bin ich genug aufgeweicht und du sicher gesättigt.....dann wünsche ich dir noch einen schönen Abend!

...

03.02.14 10:06:32: Karla: Ich wünsche dir einen schönen Wochenstart und einen angenehmen Tag! Muss noch kurz duschen und dann zum Arzt. Also, dann bis später...

03.02.14 10:06:37: Joe: Ja mein Schatz. Ich finde es gut, dass Du heute nun doch zum Arzt gehst. Ich drücke und küsse Dich voller Liebe.

...

03.02.14 14:26:32: Karla: Hi Süßer! Strenge Bettruhe und ein Antibiotikum, welches speziell die Viren in den Nebenhöhlen und der Lunge vernichtet. So sieht es gerade aus. Nicht so toll! Hab dich lieb Schatz!

03.02.14 14:38:17: Joe: Ich frage mich gerade, ob Du vielleicht die Elektrozigaretten nicht verträgst...oder die Kombination mit den Echten....na dann lege Dich wieder hin und befolge die ärztlichen Anweisungen ...Stell Dir vor, wie ich bei Dir liege und Dich liebevoll im Arm halte.

...

03.02.14 21:10:13: Joe: Ich wünsche Dir eine gute Nacht. Schlaf schön mein Schatz.

03.02.14 22:18:14: Karla: Sorry, habe über 2,5 h telefoniert. Ich wünsche dir natürlich auch eine gute Nacht und süße Träume! Ich werde über dich wachen.

...

04.02.14 09:45:27: Joe: Deshalb war also den ganzen Abend besetzt. Wer war denn der oder die Glückliche mit der Du soviel Zeit verbracht hast?

04.02.14 09:50:32: Karla: Ein Jens! Er ruft mich seit 3 Tagen mehrmals am Tag an. Gestern Abend eben so lange.. muss jetzt zum Arzt, schreiben später weiter, ja? Bis dahin wünsche ich dir einen sonnigen Tag!!!

04.02.14 09:51:39: Joe: Ja klar. Verstehe.

04.02.14 10:07:53: Joe: Muss ich mir Sorgen um Deine Liebe zu mir machen?

...

04.02.14 14:09:39: Karla: Heute war ich mit Anja umsonst beim Ohrenarzt, der hat Urlaub und ist erst ab 9.2. wieder zurück. Danach sehr lange im Einkaufscenter gewesen, kurz bei Facebook und nun liegen! Bin total schwach....

04.02.14 14:12:48: Joe: Du solltest Dich mehr schonen mein Schatz.

04.02.14 14:13:53: Joe: Einfach mal nur ruhen und viel schlafen .

04.02.14 14:17:29: Karla: Ja , muss jetzt dringend liegen und alles andere so belassen. Bin total erschöpft und jetzt schön brav!!!

04.02.14 14:16:58: Joe: Sehr gut. Ich lobe und ich liebe Dich.

04.02.14 14:20:12: Karla: ...

...

04.02.14 19:29:26: Joe: Schon wieder ist das Telefon besetzt..........

04.02.14 19:46:57: Joe: Warum hast du gerade nicht abgenommen?

04.02.14 19:48:32: Karla: Sorry, du hattest den ganzen Tag Zeit, jemand anders ist schneller... habe gerade Anja am Handy.

04.02.14 19:49:20: Karla: Kann nur mit einem telefonieren.

04.02.14 19:51:29: Karla: Wir schreiben uns doch ohnehin nur...

...

04.02.14 21:22:12: Joe: Schön, dass ich deine Stimme hören konnte. Ich drücke Dich liebevoll. Gute Nacht Kleines und schlaf schön. Ärgere Dich nicht so sehr wegen mir. Und telefoniere bitte soviel du magst, solange es Dir gut tut und Du Freude daran hast.

...

05.02.14 09:36:35: Karla: Guten Morgen und einen schönen Tag für Dich mein Schatz!

05.02.14 09:52:21: Joe: Das ist so lieb von Dir. Du hast mir gleich ein Lächeln und gute Laune ins Gesicht und ins Herz gezaubert...das wünsche ich Dir auch Kleines.

05.02.14 09:54:49: Karla: ...

...

...

...

14.02.14 08:07:46: Karla: Der Valentinstag ist eine gute Gelegenheit - einem netten Menschen ganz liebe Grüße zu senden! Ich fang schon mal bei dir an, herzlichst Karla

14.02.14 08:08:28: Joe: Oh das ist ja eine liebe Überraschung. Ich danke Dir. Dir auch einen schönen Tag Kleines.

14.02.14 08:15:38: Karla: Dankeschön!

14.02.14 09:19:40: Joe: Na ich finde ja, wir sollten heute den Abend und die Nacht gemeinsam verbringen ...als Liebende.

14.02.14 09:22:57: Karla: Pustekuchen! Du liebst genug andere!

...

14.02.14 16:52:28: Joe: Da lass ich mir aber tausend mal lieber von Dir den Hintern versohlen... meinen strammen Joe mit Gleitcreme zum Glühen bringen, bevor er von Dir durchgeritten wird...

14.02.14 17:10:31: Karla: Ach Joe... erinnerst du dich nicht an unser letztes Gespräch? Ich war verzweifelt, habe geweint, dir gesagt - wie SEHR ich dich liebe! Dann kam von dir dieser altbekannte Trick - mit dem "zögern" - um die Partnerin auf elegante Weise loszuwerden. Hat ja auch gut geklappt. Du berufst dich immer auf Polyamorie, doch gleichzeitig bist du zu feige OFFEN vor deinen Partnerinnen dazu zu stehen! Du willst dich zu Keiner bekennen und gleichzeitig Keine verlieren! Alles faule Kompromisse! Und nun degradierst du MICH, (die Frau die wirklich Liebe empfindet) - zu einem "leichten Mädchen" - indem du nur Sex möchtest! Genau DAFÜR - hältst du dir aber deinen Harem! Tut mir leid, aber nur für Sex - bin ich die Falsche! Ich drück dich lieb, Karla

...

15.02.14 17:56:21: Joe: Danke Dir Kleines für die tollen Hinweise. Ich drück Dich.

...

18.02.14 18:33:38: Joe: Dir einen schönen Abend wünscht Joe. Ich drück Dich Kleines. Nur nicht zu doll...diesmal bin ich etwas verhustet....aber ansonsten geht es mir gut.

18.02.14 18:37:40: Karla: Oh, eine Nachricht von dir! Was macht die Arbeit und die Liebe? Wünsche dir von Herzen gute Besserung!!!

18.02.14 18:39:17: Joe: Danke Dir meine Liebe...mit der Arbeit komme ich weiter gut voran...

18.02.14 18:47:31: Karla: Das freut mich! Was das andere Thema betrifft, hoffe ich, dass du inzwischen den Mut gefunden hast - DAS, was du so gern propagierst und für dich so gern in Anspruch nimmst - auch alle Frauen "ehrlich" zu behandeln! Polyamor = offen! Werde heute eventuell mit Anja nach 5 Wochen zur Karaoke Veranstaltung gehen. Alles Liebe für dich, Karla

...

21.02.14 10:27:56: Joe: Guten Morgen Kleines

21.02.14 10:50:46: Karla: Guten morgen Joe, wünsche dir einen spannenden und sonnenreichen Tag!

21.02.14 10:59:00: Joe: Danke Dir...könnten heute Abend ja zusammen den Besen putzen...grins

21.02.14 11:01:38: Karla: Den brauch ich zum fliegen und pflege ihn täglich selbst

21.02.14 11:02:31: Joe: Und danke. Dir auch einen tollen Tag Süße

21.02.14 11:07:54: Karla: Bin jeden Tag, bei Sonnenschein ein Stündchen am Balkon. Das tut sehr gut.

...

24.02.14 10:40:57: Joe: Ich denk an Dich. Liebe Grüße schickt Dir Joe

24.02.14 10:43:34: Karla: Kommst du mich besuchen - wegen der letzten Ölung?

24.02.14 10:42:32: Joe: Wo bist Du denn?

24.02.14 10:45:47: Karla: Morgen 10.00 Uhr Krankenhaus Lungenstation! Ich weiß schon jetzt - was dabei rauskommt!

24.02.14 10:46:09: Joe: Soll die Leistung überprüft werden?

24.02.14 10:48:41: Karla: Nein, stationär. Wird Endstation sein....

24.02.14 10:48:19: Joe: Wer sagt das?

24.02.14 10:50:58: Karla: Ich, weil ich es längst fühle und mich aufgegeben habe!

24.02.14 10:50:53: Joe: Fühlen ist das eine. Aufgeben das andere.

24.02.14 10:52:06: Joe: Du solltest vertrauen...das hilft.

24.02.14 10:55:40: Joe: Ich komme Dich besuchen. Es ist mir eine Ehre.

24.02.14 10:58:54: Karla: Ich HATTE immer vertraut, doch seit der Sache mit dir - habe ich aufgegeben.....

24.02.14 11:00:12: Joe: Du wirst doch nicht wegen so einem Kerl wie mir dein Leben aufgeben...dafür ist es viel zu schön und voller Liebe

24.02.14 11:03:05: Joe: Schau Dich nur mal um. Überall wirst Du sie entdecken, um Dich daran zu erfreuen.

24.02.14 11:20:55: Karla: Lass mal, lieb gemeint....ich erfreue mich absolut an nichts mehr...keine Kraft und kein Wille mehr vorhanden... danke dir!

24.02.14 12:03:47: Joe: Lass Dich drücken

24.02.14 12:06:12: Karla: Danke....

24.02.14 12:05:17: Joe: Kann Dich am Mittwoch im KH besuchen kommen...

24.02.14 12:10:48: Karla: Ja bestimmt, aber erschreck dich nicht zu sehr - wegen meinem Aussehen...

24.02.14 12:10:55: Joe: Du wirst wie immer gut aussehen...

24.02.14 12:11:49: Joe: Auf Äußerlichkeiten kommt es ja nicht an...

24.02.14 12:17:01: Karla: Habe gerade einen Freund gebeten, ob er mich morgen hier abholt und ins KH fährt. Zum Glück macht er es! Habe heute noch jede Menge zu organisieren, aufzuräumen, zu packen und endlos zu heulen.....ich krieg mich gerade nicht in den Griff... muss das mit MIR ausmachen... sitze am Balkon und genieße noch einmal die Wärme....

...

25.02.14 16:14:50: Joe: Wo kann ich Dich denn Morgen finden?

25.02.14 16:21:17: Karla: Auf der B3!

25.02.14 16:20:47: Joe: Ok. Da werde ich Dich finden.

25.02.14 16:25:26: Karla: Aber nur - wenn es deine Zeit zulässt und du mich WIRKLICH wieder sehen magst!

...

26.02.14 19:50:56: Karla: Schön, dass ich dich heute wieder einmal gesehen habe. Schlaf dann fein und schöne Träume!!!

...

04.03.14 13:57:38: Karla: Bin gerade wieder hochgefahren wurden.... habe heute auch 24 h EKG um und Herzultraschall hinter mir.

04.03.14 13:59:27: Karla: ... morgen dann den Lymphknoten raus...

04.03.14 14:01:35: Joe: Da bist Du ja vollumfänglich in Behandlung. Ich denk an Dich Kleines.

04.03.14 14:03:12: Joe: Ich hoffe, die Blumen erfreuen Dich etwas. Komme dann auch bald mal wieder vorbei.

04.03.14 14:06:08: Karla: Kann noch nicht so schreiben, wollt mich nur kurz melden...

04.03.14 14:05:21: Joe: Das ist sehr lieb von Dir. Ich drück Dich.

04.03.14 14:07:23: Karla: Danke....

...

05.03.14 09:52:57: Karla: Lieber Joe, wäre es dir möglich mich morgen gegen 13.00 Uhr hier abzuholen, da ich entlassen werde...

05.03.14 09:53:46: Joe: Ja gern. Mach ich.

05.03.14 09:56:11: Karla: Cool, Dankeschön!!!!

05.03.14 19:05:19: Karla: Freue mich so sehr, dass du mich morgen hier abholst, auch wenn ich in den nächsten tagen wieder rein muss zur Op!

...

06.03.14 09:55:32: Karla: Guten Morgen! Ich weiß nicht - wie deine Tagesplanung aussieht, aber wäre es dir möglich - mich bereits 12.00 Uhr abzuholen?

06.03.14 09:58:45: Joe: Ja kann ich gerne machen.

06.03.14 10:04:54: Karla: Wie schön!!! Vielen Dank Joe.

...

...

16.03.14 12:05:28: Joe: Habe gerade gelesen, dass Du wieder im KH bist...Alles Gute Dir.

16.03.14 12:08:14: Karla: Wie nett, vielen Dank!

16.03.14 12:07:38: Joe: Leider bin ich gerade selber am niesen...würde sonst gerne vorbeischauen...wie geht es Dir denn?

16.03.14 12:12:55: Karla: Ach lass mal mein Lieber, das muss wirklich nicht sein. Wünsche dir gute Besserung!!!

16.03.14 12:12:36: Joe: Danke Kleines. Ich drück Dich.

16.03.14 12:21:39: Karla: Alles Liebe dir

16.03.14 12:49:37: Joe: Bin ganz in der Nähe...soll ich nicht doch kurz mal reinschauen?

16.03.14 12:54:27: Karla: Anja und Tom kommen gleich. Zudem hast du dich leider 11 Tage nicht ein einziges Mal nach meinem Befinden erkundigt du Böser!!!

16.03.14 12:54:06: Joe: Stimmt. Ich wusste Dich ja bei Anja und Tom in guter Betreuung.

16.03.14 12:57:35: Karla: Bin bereits nach einem Tag mit dem Notarzt wieder rein, dann nachhause und wieder mit Notarzt rein. Rede dich nicht raus Süßer!

16.03.14 12:57:09: Joe: Verstehe...

16.03.14 12:59:45: Karla: Kannst ja alles auf meiner facebook Seite sehen...

16.03.14 12:58:15: Joe: Ok.

16.03.14 12:59:13: Joe: Will Dich heute mal lieber nicht noch anstecken...

16.03.14 12:59:39: Joe: Überrasche Dich dann lieber mal...

16.03.14 13:02:21: Karla: Besser nicht muss gesund sein für Op. Mag KEINE Überraschungen....

16.03.14 13:03:18: Karla: Werd du mal selber schnell gesund!

16.03.14 13:01:42: Joe: Mach ich.

...

24.03.14 15:01:43: Joe: Dir alles Gute. Ich drücke Dich liebevoll.

24.03.14 17:04:07: Karla: Ich sollte heute operiert werden!!! Hemdchen, Strümpfe und Haube lagen schon bereit... Doch über Nacht hatte ich Herpes an der Nase bekommen und schlechte Schilddrüsenwerte. Also, Op abgesagt und innerhalb von 2 stunden musste ich mit meinen Klamotten nach hause verschwinden! Nächsten Mittwoch wieder rein und Donnerstag Op ! Hoffe, es wird klappen...

...

28.03.14 18:00:29: Joe: Dir ein erholsames Wochenende.

28.03.14 18:38:36: Karla: Danke, dir auch Joe!

28.03.14 18:48:17: Joe: Hoffe Du verbringst es zuhause...nicht im KH

28.03.14 20:11:17: Karla: Ja, bin zuhause. Jemand baut mir morgen die Markise an und danach ist grillen angesagt...Am Mittwoch muss ich wieder rein. Lb.Gr. Karla

...

02.04.14 15:13:18: Joe: Dir alles Gute Kleines.

02.04.14 15:39:55: Karla: Danke dir!

...

05.04.14 11:10:21: Joe: Guten Morgen. Du hast alles gut überstanden?

05.04.14 11:10:52: Joe: Lass Dich mal lieb drücken .

05.04.14 11:28:18: Karla: alles ok!

05.04.14 11:29:09: Joe: Das freut mich sehr für Dich.

05.04.14 11:29:32: Karla: ja danke.

05.04.14 11:30:33: Joe: Erhol Dich gut...alles braucht ja auch seine Zeit.

...

14.04.14 16:42:31: Joe: Dir alles Gute.

14.04.14 17:00:56: Joe: Lach...zwinker

14.04.14 17:07:26: Karla: Der mit den 99% ist doch genau DEIN Spruch! Den kannst du jetzt an all deine Mädels schicken.

14.04.14 17:09:28: Joe: Stimmt...zwinker. Schön dass Du wieder zuhause bist....

...

18.04.14 21:52:50: Joe: Dir auch ein frohes Osterfest.

...

28.05.14 10:44:55: Joe: Guten Morgen Karla...Dir einen angenehmen Tag....

28.05.14 11:04:21: Karla: Ich bin noch bis 4.6.krankgeschrieben...

28.05.14 11:05:30: Joe: War gerade in sehr anregende Tagträume versunken...Du bist darinnen aufgetaucht...wir hatten lustvollen Sex ...Du hast mich bestraft...grins

28.05.14 11:09:01: Karla: Ach Schatzi, DAS übernehmen doch längst andere bei dir...Das scheint mir gefühlte Jahrzehnte her zu sein...Ich lebe völlig enthaltsam und bin auch zufrieden. Dann versinke mal wieder in deine träume... Viel Spaß

28.05.14 11:10:06: Joe: Danke Dir Kleines. Und lass es Dir gut gehen.

28.05.14 11:10:53: Karla: Vielen dank Joe! Pass auf dich auf!

28.05.14 11:11:17: Joe: Ja mach ich.

...

...

...

...